Katherine Allfrey

Delfinensommer

Illustrationen von
Martina Mair

Nachwort von
Sybil Gräfin Schönfeldt

Cecilie Dressler Verlag · Hamburg

Erstmals erschienen im Cecilie Dressler Verlag, Hamburg 1963
Nachwort von Sybil Gräfin Schönfeldt
Titelbild und Illustrationen von Martina Mair
Einbandgestaltung: Manfred Limmroth
Gesamtherstellung: Clausen & Bosse, Leck
Printed in Germany 2007
ISBN 978-3-7915-3613-2

www.cecilie-dressler.de

Die Insel war klein und lag fern von aller Welt im südlich blauen, immer bewegten Meer. Sie war so unbedeutend, dass der Dampfer von Piräus nicht einmal bis zu ihr hinkam, sondern bei der größeren Nachbarinsel ablud, was für sie bestimmt war: die Post und etwas Frachtgut, den einen oder anderen ihrer Bewohner, der von einer Reise zurückkehrte, oder einen ihrer wenigen Besucher. Noch seltener kamen Händler zur Insel, reiselustige Fremde nie. Sie war zu abgelegen, zu arm und steinig, und es gab nichts auf ihr zu bestaunen, weder schlanke weiße Säulen noch uralte Zyklopenmauern.

Dennoch war die Insel schön, wie alle anderen kleinen Inseln im Ägäischen Meer. Ihre Bewohner behaupteten sogar, sie sei die schönste von allen, und nannten sie mit Stolz Kalonysos: die schöne Insel. Auf ihrer westlichen Seite wuchs ein Felsen aus der Flut, steil wie ein Horn, der ein dichtes Gewürfel von weißen Häusern trug, mitten darin die Kirche mit ihrem Glockenturm. Dies war die Chora, die erste Ansiedlung und ursprüngliche Hauptstadt der Insel. Man nannte sie immer noch so, obwohl der Hafenort an der Ostküste sie an Bedeutung längst übertraf.

Hier ging das Leben noch seinen alten Gang in den engen Gassen, die steil begannen, steiler wurden –

noch steiler –, sich mit ein, zwei Stufen weiterhalfen und schließlich als schmale Stiegen endeten. Da oben gab es längst keine Höfe mehr bei den Häusern, nur noch Winkel. Alles: Gassen, Stufen, Winkel, Häuser, war schneeweiß getüncht.

Die meisten Häuser waren klein, längliche Vierecke oder weiße Würfel, wirr und regellos neben-, auf- und übereinander gesetzt. Der Ort war nicht erbaut worden, er war gewachsen und der Fels hatte die Form bestimmt. Wenn die Menschen dabei einen Plan gehabt hatten, dann war es der Wunsch gewesen: eng beisammenzubleiben, recht hoch hinaufzustreben und das Meer tief unten zu lassen. Denn das Meer, so blau und voller Licht es leuchtete, lag weit und offen und voll Gefahren um die Insel. Auf dem Meer segelten die Seeräuber heran, damals, als die Chora im Entstehen war, um zu brandschatzen, zu rauben und zu morden. Darum musste die Niederlassung eine Burg sein, in der ihre Bewohner sich bergen konnten. Erst als die Zeiten ruhiger wurden und die Korsaren von der See verschwanden, wagte der eine oder andere sich unten an der Bucht anzusiedeln, wo mehr Raum war und sogar etwas Gartenland. Aber dabei war es bald geblieben. Die meisten zogen es vor, droben dicht beieinanderzuhocken.
Vor dem letzten der kleinen Häuser am Strand saß ein Mädchen. Das war Andrula, die hier mit ihrer Mutter

lebte, die kleinste Familie im kleinsten Haus des Ortes. Eigentlich konnte man sie nicht einmal eine Familie nennen, denn es gab keinen Vater mehr. Andreas, der das Häuschen für sich und seine junge Braut Evangelia gebaut hatte, war bald nach der Hochzeit mit einem Schwammfischerboot ausgefahren und nicht zurückgekehrt. Das Meer hatte ihn behalten. Darum waren sie auch so arm, die Witwe Evangelia und ihre Tochter Andrula. Die junge Frau hatte die schwarzen Kleider angezogen und nie wieder abgelegt.
Dennoch hatten sie es schön in all ihrer Armut. Ihr Haus bestand zwar nur aus einem einzigen Raum,

aber davor lag ein kleiner Hof und in diesem Hof wohnten sie eigentlich. Andreas hatte damals gleich einen Weinstock gepflanzt, der wuchs dicht neben der Tür und war so groß geworden, dass seine Ranken längst über das Mauergeviert reichten. Das Reblaub war weich und glänzend im Frühling, wenn das Sonnenlicht nicht mehr als ein freundliches Lächeln war, und dicht und schützend im Sommer, wenn es wie mit Schwertern nach jedem stach, der sich ihm ungeschirmt aussetzte. Im Spätsommer hingen schwere Trauben darunter, blassgrün und mattgolden, eine neben der anderen, und waren Schmuck und Reichtum zugleich.

Es gab auch einige Feigenbäume bei dem Haus. Zwei trugen kleine wilde dunkelviolette Feigen, aber der dritte und größte brachte edle Früchte hervor, groß wie Birnen, mit rosenrotem Fleisch und süß wie Honig. Diese schönen Feigen verkaufte Andrulas Mutter, aber von den kleinen wilden aßen sie, so viel sie mochten, und auch diese waren süß. Sie trockneten jedes Jahr eine Menge davon, zogen sie auf Binsenfäden und hängten sie wie Kränze an die Wände der Kammer. So hatten sie auch im Winter etwas Süßes zu essen. Apfelsinen und Zitronen schenkte die Insel nicht, die mussten von fruchtbareren Küsten herbeigebracht und mit Bargeld bezahlt werden. Bargeld aber war bei Evangelia so rar, dass es nur für das Allernotwendigste ausgegeben werden durfte: für Öl und Mehl und Bohnen,

für Schuhe, für die Holzkohlen, auf denen sie kochten, und für das Petroleum, das ihnen Licht gab.
Sobald der Winter vorbei und das Wetter schön und beständig geworden war, brachte Evangelia ihren Webstuhl hinaus und stellte ihn im Hof unter dem knospenden Rebenstrauch auf. Dann atmete sie tief und warf einen langen Blick in die Runde, während sie sich auf ihrem Sitz zurechtrückte. Von hier aus konnte sie das Meer sehen, etwas von der Chora und den Weg, der vom Strand landeinwärts lief. Den ganzen langen Sommer hindurch spielte sich ihr und Andrulas Leben im Freien ab, und wenn die Zeit der großen Hitze kam, schliefen sie auch draußen, überdacht von dem großen Weinstock.

Diese Zeit war jetzt gekommen. Die Trauben begannen zu reifen. Man sah ihnen beinahe an, wie sie Sonne und Süße in sich sogen. Andrula blickte jeden Tag mit heftigerem Verlangen zu ihnen hinauf. Sie konnte es kaum erwarten, bis sie reif wurden. Aber sie musste Geduld haben. Vorläufig wehrte die Mutter ab und sagte: »Noch nicht! Morgen vielleicht.«

Andrula kam über das sonnengedörrte Feld, fast schief gezogen von dem irdenen Wasserkrug, den sie schleppte. Er war schwer und sein rotbrauner Ton schimmerte feucht. Das Kind hatte kühles, frisches Trinkwasser von einem Gehöft weiter landeinwärts geholt. Sie hatten wohl selber einen Brunnen im Hof, aber so nahe am Meer war das Wasser brackig und taugte nur zum Waschen und Saubermachen.
Sie trat durch das kleine Tor und stellte den Krug sorgsam in den tiefsten Schatten, damit jeder vorbeiziehende Lufthauch ihn erreichen konnte. So blieb das

Wasser in dem porösen Gefäß durch sein Verdunsten immer süß und kalt.
Evangelia lächelte ihr zu.
»Manula«, sagte die Kleine und strich sich das schwere schwarze Haar aus der Stirn, »darf ich jetzt ins Dorf gehen? Zum Spielen?«
Der Webstuhl hörte keinen Augenblick mit seinem Geklapper auf. So ging es gleichmäßig fort, den ganzen langen Tag – der leise, quietschende Laut, mit dem sich die Schäfte hoben und senkten, der weite Wurf des Schiffchens von einer Hand zur anderen und das harte Klapp, wenn die Mutter den Faden fest anschlug. Stunde auf Stunde und sehr geschwind: quiek – husch – klapp, quiek – husch – klapp, quiek – husch – klapp. Andrula war mit diesem Geräusch aufgewachsen, sie beachtete es so wenig wie das leise Schwatzen der Wellen, die nahebei an den Strand rollten.
»Ja, geh nur«, sagte Evangelia und seufzte leise. Sie hätte lieber gesehen, wenn Andrula bei ihr geblieben wäre wie früher, als sie noch klein war. Aber das Mädchen wuchs heran, sie ging in die Schule und es zog sie zu den anderen Gleichaltrigen hin. Wie schade, dass es keine Nachbarskinder gab, die vielleicht zum Spielen hergekommen wären. Dann würde Andrula nicht immer fortlaufen wollen.
»Ja, geh«, wiederholte Evangelia, die ihrer kleinen Tochter nicht leicht etwas abschlagen konnte, »aber sei zum Mittagessen wieder hier!«

Mehr als einmal war es vorgekommen, dass Andrula da, wo sie gerade spielte, auch mitgegessen hatte. Das war in der Chora so üblich; waren sie nicht alle eine große Familie? Aber Evangelia wollte das nicht. Ihr Kind gehörte an ihren Tisch, und solange sie das Geld für einen Linsenbrei verdienen konnte, sollte es nicht an fremden Tischen essen.

Andrula dachte anders. Oder vielmehr: Sie dachte gar nicht, sondern griff unbekümmert zu, wenn ihr etwas angeboten wurde. Vergnügt lief sie auf der anderen Seite des Weges bergan, um so schnell wie möglich ins Dorf zu gelangen. Sie konnte ihre Spielgefährten von Weitem hören. Sie waren auf dem unteren Platz und sangen laut:

»Du gehst vorbei, Kyra Maria,
gehst vorbei, gehst vorbei –
du gehst vorbei, Kyra Maria,
gehst vorbei, vorbei!«

Andrula hörte deutlich ihre Base Stassa heraus, die noch schriller sang als die anderen und immer ein bisschen falsch.

Nun war auch Andrula mit im Kreis und sie und Stassa, die beiden Größten, bildeten mit Händen und Armen ein Tor und die Kette der Kleineren zog hindurch:

»Seht, hier zieht die Biene ein
mit den Bienenkinderlein.«

Immer war freilich ein Hauch Eifersucht dabei, wenn die Kinder so miteinander spielten. Sie wurzelte in Stassas hochmütigem kleinen Herzen, aber auch Andrula war nicht ganz ohne Schuld. Sie war nicht allzu friedfertig und nahm jeden Streit, der aufkam, unbedenklich an, weil sie sich als Anführerin im Kreis der Spielgefährten fühlte, denn sie war die älteste, die größte und auch die erfindungsreichste von ihnen. Stassa aber sah sich als Oberste, weil sie drei große Brüder hatte und weil ihrem Vater eine der beiden Tavernen im Ort gehörte. Darum trug sie bessere und schönere Kleider und weiße Sandalen, während Andrula im Sommer barfuß lief. Tagelang konnten die beiden ruhig beisammen sein, aber plötzlich, ganz unvorhergesehen, überkam es Stassa: Sie musste Andrula heruntersetzen, ganz gleich wie. Nur möglichst weit nach unten – wohin sie gehörte.

Dieser böse Geist regte sich wieder einmal in ihr, als sie die Rivalin vor Beginn des nächsten Spieles sagen hörte: »Also ich bin König und ihr …«

»Wieso bist du König?«, rief sie sofort. »Ausgerechnet du? Wo du nichts weiter bist als ein Bettelkind!«

Andrula brauste auf: »Ich habe in meinem Leben noch nie gebettelt! Ich bin kein Bettelkind.«

»Doch bist du das«, höhnte Stassa. »Meine Mutter hat gesagt, wenn wir dich nicht manchmal mitfütterten, hättest du kein bisschen Fleisch auf deinen Knochen!«

Andrula stand wie versteinert, aber sie sah so zornig aus, dass Stassa sich einen Schritt zurückzog. Trotzdem konnte sie es noch nicht genug sein lassen: »So eine will König sein – in dem alten Kittel! Seht sie doch an, sie hat ja nur das anzuziehen, was ihre Mutter von anderer Leute Bettlaken abknapsen kann.«

Das war zu viel. Andrula schrie auf und flog auf die Feindin zu, und schon hatten sie einander bei den Haaren. Die jüngeren Kinder stoben auseinander. Ein paar Frauen kamen eilig gelaufen, um die Streithähne zu trennen.

»Ist das eine Art und Weise?«, schalten sie. »Seid ihr Mädchen oder Katzen? Fort, heim mit euch, wenn ihr euch nicht vertragen könnt.« Sie schüttelten die beiden gründlich und schoben jede ihrem Wege zu.

Stassa rannte laut schreiend davon, um sich bei ihrer Mutter zu beklagen. Andrula lief auch fort, aber nicht mit Geschrei und nicht nach Hause. So etwas konnte sie ihrer Mutter unmöglich erzählen. So etwas Niederträchtiges wie das, was Stassa gesagt hatte! Überhaupt, so durfte sie der Mutter nicht vor die Augen kommen, zerzaust, zerkratzt und außer sich vor Zorn, wie sie war.

Sie schwenkte kurz vor den letzten Häusern ab und kletterte auf einem schmalen, steilen Pfad zum Strand hinunter. Da unten war niemand außer der Frau des Fischers Sotiris, die ihre Matten wusch. Die blickte aber nicht auf und Andrula schlüpfte rasch an ihr vorbei.

Hinter dieser Bucht, die »der große Sand« hieß, gab es noch eine kleinere, durch den hohen und breiten Landrücken von ihr getrennt: einen verborgenen, schmalen Einschnitt zwischen den Felsen. Die Küste war dort sehr steil und das Wasser tief, und es war Andrula streng verboten, dahin zu gehen. Aber sie wusste, dass die Leute aus dem Dorf kaum je vorbeikamen, niemand hatte dort etwas zu tun und darum war die kleine Bucht ein guter Zufluchtsort.

Wieder musste sie klettern, über breite Steine, um starres und stacheliges Buschwerk herum, zwischen den Ästen einer längst gestürzten Kiefer hindurch. Am Ufer lagen riesige Blöcke von grauem und bräunlichem Gestein. Einer war groß und glatt wie ein Tisch; die Wellen spülten über ihn hin. Daneben bildeten zwei oder drei Felsbrocken einen Trog, in dem das Wasser still wie ein Spiegel lag. Andrula kniete nieder und schaute hinein.

Wie sah sie aus! Das Haar zerrauft, zwei lange Kratzspuren auf der linken Backe, das Gesicht von Tränen verschmiert. Diese Stassa! Alle Haare hätte ich ihr ausreißen sollen, dachte Andrula voll Ingrimm, während sie den Saum ihres Kittels in das laue Wasser tauchte, um ihr Gesicht damit sauber zu wischen. Puh, das brannte!

Andrula ließ sich auf den nächsten trockenen Stein fallen. Sie war auf einmal sehr müde. Stassa hatte mit ihrer Zunge böse und giftig zugestochen. Aber es war ja die Wahrheit. Dieser Kittel hier war wirklich aus Garn gewebt, das die Mutter bei einem Auftrag übrig behalten hatte. Das war so Brauch: Was übrig blieb, was nicht zu einem weiteren Stück langte, das fiel der Weberin zu, es war ein Teil ihres Lohnes. Das wusste jeder.

Aber so hatte Stassa es nicht gemeint. Sie hatte sagen wollen, dass die Mutter von dem ihr anvertrauten Garn etwas nahm, um es für sich zu verwenden. Das hatte sie sagen wollen.

Andrula stützte ihr kleines, trotziges Kinn in beide Hände und starrte über das flimmernde Meer. Ihre Stirn unter den feuchten Haarsträhnen war immer noch finster, aber jetzt mehr vor Schmerz als vor Zorn. Wenn ich einen Vater hätte oder einen Bruder, sann sie, dann würde niemand wagen, so etwas zu reden. Dann brauchte die Mutter nicht am Webstuhl zu arbeiten. Und ich hätte vielleicht ein weißes Kleid mit lauter kleinen bunten Blumen, aus Stoff, den man beim Krämer kaufen kann. Stassa hatte ein solches Kleid, sie hatte sogar zwei, aber das andere war grün, mit weißen Sternchen …

Eine große Traurigkeit überfiel Andrula. Sie saß lange auf ihrem Stein und blickte ins Meer hinaus, auf sein reines Blau, das sich hob und senkte und klare Wellen ans Land schickte. Nicht weit von ihr ragten zwei bräunliche Kuppen aus dem Wasser, eine größere und eine kleinere. Das waren die Inseln Ryos und Anti-Ryos. Andrula konnte sie auch von ihrem Haus aus sehen. Aber jetzt, da die Sonne untergehen wollte, die alle Farben stärker aufleuchten ließ, tauchte zwischen diesen beiden noch eine dritte Insel auf, ganz fern am Horizont. Zuerst schimmerte sie golden, dann rosig. Wie schön! Es schien, als schwebe sie über dem Wasser.
Andrula schaute unverwandt hinüber und erkannte zum ersten Mal wahre Schönheit: Alles klang zu einer großen Harmonie zusammen, Farben, Licht und Linien, und sie fühlte und sah zugleich.
Aber plötzlich erschrak sie: Es musste spät sein, wenn das Licht die Welt so rosig malte! Eilig kletterte sie die felsige Rinne hinauf und lief nach Hause, so schnell sie ihre Füße trugen, und jetzt spürte sie auch, wie hungrig sie war.

Daheim hatte es bittere Vorwürfe gegeben und zur Strafe durfte sie am Tag darauf nicht ins Dorf zum Spielen. Das kümmerte Andrula nicht, sie wollte gar nicht zu den anderen Kindern. Mochte Stassa König sein, weit würde sie damit nicht kommen, denn es war Andrulas Spiel. Sie allein kannte es, denn sie hatte es erfunden. Außerdem war sie heute nicht König, sondern Schiffsbauer. Sie hatte ein Stück Treibholz gefunden, das beinahe aussah wie ein Segelschiff. Man brauchte ihm nur einen Mast einzusetzen.

Andrula bohrte an ihrem zukünftigen Boot herum und brachte es wirklich fertig, einen dünnen Stab als Mast anzubringen. Sie bettelte der Mutter ein Stück weißes Zeug ab, schnitt ein Segel daraus und befestigte das kleine Dreieck mit unendlicher Mühe an der Stange. Nun konnte jeder sehen, dass es ein Segelboot war. Sie war glücklich und stolz und die Mutter musste mit einem Stück Holzkohle »Agios Andreas« an den Bug schreiben, denn sie konnte es besser als Andrula. »Agios Andreas« sollte das Schiff heißen, nach ihrem Namenspatron.

Evangelia war froh, ihr kleines Mädchen so zufrieden und geschäftig neben sich zu sehen. Wenn es nur immer so sein könnte! Aber vielleicht würde es von jetzt an so werden? Andrula wuchs heran, noch kurze Zeit und aus dem wilden Kind würde eine fügsame Tochter werden. Sicher dauerte es nun nicht mehr lange. Und als Andrula am nächsten Morgen zum Strand wollte, um ihr Boot schwimmen zu lassen, erlaubte die Mutter es gern.

Das Mädchen lief fröhlich davon, ihr kleines Schiff im Arm. Der Streit auf dem Dorfplatz war in den Hintergrund geraten; er bedeutete nichts mehr. Ihr eigenes Werk, ihr Boot und das Spiel mit ihm; an etwas anderes dachte sie nicht.

Aber Stassa war am Strand und sie hatte nicht so schnell vergessen. Sie drängte die kleine Schar ihrer Kameradinnen hinter sich wie ein Hirtenhund die Herde und erklärte feindselig: »Mit dir spielen wir nicht mehr.«

Und die anderen sprachen es ihr nach, ja selbst die Allerkleinste piepste: »Mit dir spielen wir nicht mehr!«

Andrula drehte sich um und zeigte ihnen den Rücken. Aber die Neugier war stärker als Stassas Feindseligkeit. »Was hast du eigentlich?«, wollte sie wissen.

»Mein Segelboot«, sagte Andrula, deren Stolz sich auch nicht unterdrücken ließ. »Jetzt geh ich und lass es schwimmen.«

»Oh, schämst du dich nicht?«, rief Stassa und plusterte sich entrüstet auf. »Seht nur, da geht sie hin – dahin, wo die großen Jungen baden!« Und ihre ganze Gefolgschaft rief »Schäm dich, schäm dich!« hinter Andrula her.

Das ärgerte Andrula aber nicht. Mochten sie rufen! Sie hatte ihr Boot und nur zu deutlich hatte sie den Neid in Stassas Augen gesehen. Sie ließ sich nicht stören, sondern lief direkt zum Wasser hinunter. Behutsam legte sie den »Heiligen Andreas« auf den feuchten Sand, steckte ihren sauberen Kittel in die Baumwollhose, die sie darunter trug, und watete mit ihrem Schiff ins Wasser.

Hier spielte jeden Morgen eine Schar von größeren Jungen mit ihren Segelbooten aus Holz oder Blech. Es ging wild und geräuschvoll dabei zu, denn sie lieferten einander richtige Seeschlachten. Sie waren Türken und Freiheitskämpfer und jeder war ein Admiral, jedes der zerbeulten oder verwitterten Boote stellte eine ganze Flotte dar. Oder sie spielten Schmuggler und Polizei, das war ebenso aufregend.

Meist waren sie viel zu sehr bei der Sache, um auf die kleineren Jungen oder gar auf die Mädchen zu achten.

Aber dass ein Mädchen ins Wasser ging und so etwas wie ein Boot schwimmen ließ – das war unerhört. Das konnten sie unmöglich dulden.
»Du, Kleine«, rief der größte von ihnen, der Spiros, »was machst du da?« Er pflügte durch das Wasser auf Andrula zu und die anderen folgten ihm, ihre Boote hinter sich herziehend.
»Ich lasse mein Schiff schwimmen«, antwortete Andrula. Sie bemühte sich, das kleine Fahrzeug gerade zu setzen, aber es legte sich immer wieder um, weil es keinen Kiel hatte.
»Schiff?«, höhnte Spiros, der schnell näher kam. »Was glaubst du denn, wer du bist? Einer von uns?«
Er fischte das armselige kleine Ding aus dem Wasser und besah es sich. Dann lachte er laut auf und rief: »Schiff, sagt sie. Das soll ein Segelschiff sein? Ein Stück Treibholz ist es.« Er fasste es an beiden Enden …
»Nicht, nicht!«, rief Andrula flehentlich, aber schon knirschte es – krachte – und war mitten entzweigebrochen.
Verächtlich warf der Junge die beiden Stücke von sich, weit weg ins Meer. »Da«, sagte er. »Nun geh nach Hause und spiel mit deiner Puppe.« Er fühlte sich so recht als Held, als Gesetzgeber. Er kehrte mit seinen Kampfgenossen um und ließ das Mädchen stehen.
Andrula sah nichts als die Trümmer ihres »Heiligen Andreas«, die von der nächsten kleinen Welle leicht ge-

hoben wurden und auf sie zutrieben. Sie schluchzte auf, warf sich herum und planschte achtlos ans Land. Blind vor Tränen jagte sie nach Hause. Dies war ein Jammer, den sie nicht zu verstecken brauchte. Sie stürzte in den Hof und verbarg ihr Gesicht im schwarzen Kleid der Mutter.

»Still, still«, murmelte Evangelia besänftigend. »Still, mein Vögelchen, mein Kleines. Was ist denn geschehen?«

»Mein Schiff«, jammerte Andrula, »mein schönes Schiff!«

»Still, still«, flüsterte Evangelia und wiegte sie sacht in den Armen hin und her. Aber Andrula war untröstlich und weinte nur noch lauter. Bis der Zorn in ihr emporflammte und mit ihm die Rachsucht.

»Wirst du zu seinem Vater gehen und es ihm sagen, Manula? Dass der Spiros ein Bösewicht ist und mein Schiff zerbrochen hat?«

»Das kann ich nicht«, antwortete Evangelia und versuchte sich von den umklammernden Armen freizumachen. »Wir wollen mit den Nachbarn in Frieden leben.«

Andrula hob das verweinte Gesicht und sah ihre Mutter ungläubig an. »Nicht? Du willst nicht zu Spiros' Vater gehen – er hat mir doch mein Boot genommen!«

Evangelia warf das Webeschiffchen durch die straff gespannten Kettfäden. »Es war ja nur ein Stück Treibholz«, murmelte sie.

Das Kind sagte nichts mehr, es blickte die Mutter fassungslos an. Stassa hatte sie ausgestoßen, Spiros hatte sie vertrieben. Und nun ließ die Mutter sie im Stich.
»Nur ein Stück Treibholz«, hatte sie gesagt, genau wie der Räuber unten am Strand, der Spiros.
Andrula ging zum Wasserbehälter an der Hauswand. Dort, über dem irdenen Becken, wusch sie ihr brennendes Gesicht, dann ging sie vor das Tor und setzte sich draußen auf ihren Lieblingsplatz unter dem Kammerfenster. Aber sie sah nicht auf das Meer hinaus oder zur Chora hinüber, sie starrte regungslos vor sich hin. Sie war so allein in dieser Stunde wie noch nie in ihrem Leben. Vielleicht würde sie nun immer so allein sein. Wenn sogar die Mutter zu den anderen hielt!

»Und es war doch kein Stück Treibholz«, sagte sie plötzlich laut. »Es war ein Schiff, nagelneu. Frisch gemalt, wie Elfenbein, mit einer gelben, einer blauen und einer braunen Linie ringsherum. Und das neue Segel weiß, weiß wie Schnee.«
Sie hob den Blick und sah ihr stolzes, tüchtiges Boot in der mittagsleeren Bucht liegen. Es wiegte sich sacht und drehte sich langsam, fast unmerklich um seine Ankerkette. Und nun stand sie an Deck und nun segelte sie davon mit dem kleinen Beiboot hinter sich …
Weit, weit weg von dem Heimatort und der boshaften Stassa, weit weg von Spiros und seiner Horde, weit weg auch von dem kleinen Hof. Zu anderen Inseln

hin, großen, schönen, die reich an Quellen und wie Gärten waren, ja – die Gärten stiegen bis hinab zum Meer.
Hinter sich, durch das Webstuhlklappern hindurch, hörte sie die Mutter singen. Das tat sie immer, wenn sie Sorgen hatte oder ratlos war. Die Mutter hatte eine klare, dunkle Stimme und sie sang das Lied »O mein Meer« – also war sie auch traurig.
Andrula summte leise mit, und als das Lied zu Ende war, hatte sie wenigstens der Mutter verziehen.
Sie ging gehorsam hinein, als sie zu Tisch gerufen wurde, wenn sie auch stiller war als gewöhnlich. Es schmeckte ihr nicht recht, und auf die besorgte Frage der Mutter antwortete sie, es sei zu heiß zum Essen. Sie schlief fast den ganzen Nachmittag und saß abends wieder unter dem Kammerfenster. Was gab es auch zu tun? Es gab nichts weiter, als nach Ryos und Anti-Ryos hinüberzustarren.
Auf einmal setzte Andrula sich auf. Wahrhaftig, die dritte Insel, die ferne – man konnte sie auch von hier aus sehen! Freilich nur eine winzige Spitze, denn Ryos schob ihren langen Rücken davor, aber da war sie, unzweifelhaft. Ganz golden! Und nun wurde sie wieder rosig, nun purpurrot – und die Sonne verging. Die Welt war grau und blau und auf einmal war es Nacht.
Andrula nahm sich vor, jeden Abend beim Sonnenuntergang hier zu sitzen. Aber sie seufzte. Das Leben war sonst lustiger gewesen.

Den ganzen nächsten Tag war das Kind sehr still. Es half der Mutter mit allerlei kleinen Handreichungen, fegte Kammer und Hof und besprengte den Boden mit Wasser, um ein wenig Frische in die glühenden Stunden zu bringen. Denn die Hitze war groß und sie nahm noch immer zu.

Später schnitt Andrula Tomaten, Pfefferschoten und Zwiebeln zum Salat, brachte Ziegenkäse aus dem kleinen Fliegenschrank und Brot aus dem Kasten – und es war noch eine halbe Stunde vor Mittag. Aber sonst hatte sie nichts zu tun. Sie aßen also eine halbe Stunde früher als gewöhnlich und das machte den Nachmittag noch länger.

Diese brave kleine Tochter kannte Evangelia gar nicht. Genau so eine Tochter hatte sie sich noch vor Kurzem gewünscht, ruhig und hilfreich und gern in ihrer Nähe beschäftigt. Aber Andrula war so freudlos dabei. Da saß sie wieder im Winkel und malte mit der Zehe Kreuze und Kringel in den Sand, sagte kein Wort und sah unzufrieden aus. Die Mutter seufzte. Wenn nur die Schule wieder anfangen wollte! Aber bis dahin war es noch lange.

Gegen Abend, als es kühler wurde, fragte sie: »Willst du nicht ins Dorf und mit den anderen Kindern spielen?«

»Dahin geh ich nicht mehr«, antwortete Andrula.
»Ach, geh nur. Du hast den ganzen Tag zu Hause gesessen.«
»Nein«, sagte Andrula fest. Sie zog Wasser aus dem Brunnen und fing an die Topfblumen zu begießen.
Die Mutter arbeitete eine Weile schweigend weiter, sie überlegte.
»Bist du krank?«, fragte sie dann.
»Nein«, entgegnete Andrula.
»Ich hätte eine Arbeit für dich«, meinte Evangelia. »Aber wenn du dich krank oder zu müde fühlst, dann ist es natürlich nichts damit.«
»Was für eine Arbeit?«, wollte Andrula wissen, nun doch neugierig geworden.
»Die arme Katsika«, sagte Evangelia und wies mit dem Kopf nach der alten Ziege, die über die Mauer schaute. »Sie muss es doch leid sein, immer an denselben Sträuchern zu rupfen. Und da du jetzt ein großes Mädchen bist und mir so manche Arbeit abnimmst – willst du morgen die Katsika übers Feld führen, damit sie sich ein anderes Futter suchen kann?«
»Aber da hinüber geh ich nicht«, beharrte Andrula und zeigte auf die Häuser des Ortes.
»Nein, natürlich nicht«, sagte die Mutter begütigend. »Was würde sie da auch finden? Hier auf unserer Seite, denke ich, und weiter drüben an den Hängen, da gibt es noch allerlei für sie. – Ich würde dir das Mittagsbrot mitgeben, ganz wie einer richtigen Hirtin.«

Früh am anderen Morgen tat sie Brot und Käse in den bunten, gestreiften Schultersack, schnitt die erste Traube und legte sie obenauf.

»Nimm auch den kleinen Krug mit, damit du zu trinken hast!«, riet sie und Andrula füllte den kleinen Krug aus dem großen und verschloss ihn mit einem Kiefernzapfen, um den sie ein sauberes Läppchen gewickelt hatte. So ausgerüstet konnte sie bis zum Abend fortbleiben.

»Geh zum Guten«, sagte die Mutter liebevoll, »und komm vor dem Dunkelwerden heim.«

Die Ziege brauchte nicht geführt zu werden, sie folgte wie ein Hund. Als sie aber den Weg durch die Felder einschlugen, fand sie dieses zu naschen und das zu benagen, hier einen halb verdorrten Strauch, da eine Ranke, drüben ein graugrünes Blatt, sodass sie sich vordrängte und überall auf einmal sein wollte. Die ungewohnte Freiheit machte sie übermütig und sie trabte beinahe, mit vorgestrecktem Hals und schwingendem Euter.
Andrula wurde auch froh. »Nicht wahr, Katsika, so ist es besser als daheim am Strick?«, rief sie und griff spielend nach den gewundenen Hörnern. Sie fand einen Stecken und schwang ihn durch die Luft: Sie war kein kleines Mädchen mit einer einzigen Ziege, sondern ein Hirt mit einer Herde, und die alte Katsika war das Leittier. Ja, so viele Ziegen folgten ihr, dass die Felder voll waren vom Läuten der hellen und der tiefen Glocken.
Es dauerte ziemlich lange, bis sie dahin kamen, wo Andrula über Mittag bleiben und während der heißen Stunden rasten wollte. Sie hatten einen großen Umweg gemacht, weil die Katsika immer wieder einen neuen Busch erspähte, zu dem sie unbedingt hinmusste. Das Hüten machte Spaß, aber es machte auch müde. Endlich erreichten sie die enge Rinne, die vom Ufer zum

Meer hinabführte, zu der kleinen Bucht. Einiges Gestrüpp warf hier seinen dünnen Schatten. Er musste genügen – hier wollte Andrula bleiben.
Aufatmend ließ sie den bunten Beutel von der Schulter gleiten, sie rieb den roten Streifen, den die Kordel in ihre Haut gegraben hatte. Den kleinen Krug hatte sie vorsichtig hingesetzt; wenn der umfiel, musste sie durstig bleiben. Es gab weder Quell noch Brunnen in dieser Gegend.
Sie brach ihr Brot und fing an zu essen. Die Ziege kam neugierig herbei und Andrula gab ihr ein Stück von der Rinde. »Da hast du auch! Aber du hast ja den ganzen Morgen gefressen.« Die Ziege meckerte leise, es war wie Gelächter, dann begann sie zwischen den Felsen nach Kräutern zu suchen, nach Thymian und Majoran und allem, was würzig und scharf schmeckte. Andrula ließ ihrem Brot und dem Ziegenkäse, der auch scharf und sehr salzig war, ein paar Beeren von ihrer großen Traube folgen. Die erste Weintraube des Jahres! Die erste und die beste. Morgen, übermorgen mochten sie süßer sein – aber diese erste war von allen Trauben die beste. Andrula schloss die Augen und genoss, wie die glatte Kugel in ihrem Mund barst und ihn mit Kühle füllte – und dann rann es süß und frisch die Kehle hinab – nichts war so erquickend! Nicht einmal Wasser.
Aber eben weil es die erste Traube dieses Sommers war, wollte sie sie nicht so schnell aufessen. O nein,

der Tag war noch lang. Erst wollte sie nun etwas Wasser trinken und dann schlafen, wie alle Hirten es hielten. Sie suchte das dichteste Fleckchen Schatten unter ihrem Strauch und vertraute ihm Krug und Traube an. Dann wurde der Beutel zusammengerollt, der sollte ihr Kopfkissen sein. Noch einmal sah sie sich nach der Katsika um. Die hatte sich bei einem großen Stein niedergelassen und schien zu meinen, da sei sie auch im Schatten. Andrula legte sich ebenfalls, drückte den wirren, dunklen Schopf dicht auf den Beutel und schlief sogleich ein.

Wohl zwei Stunden später kam ein leichter Lufthauch vom Meer her und weckte die kleine Hirtin. Sie setzte sich auf, gähnte ausgiebig und rieb sich die Augen.
Sie hatte sehr gut geschlafen, aber nun war sie durstig. Im Krug war Wasser, es war sogar noch kühl. Und sie hatte fast noch die ganze Traube – sie wusste, wo sie die essen wollte. Unten auf dem flachen Stein, wo das Wasser über ihre Füße spülen konnte, da wollte sie sitzen und ihre Traube verzehren. Und die ferne Insel aufleuchten sehen, ganz wie an jenem ersten Abend.
Die alte Katsika kam mit, als sie sich auf den Weg machte. Aber es gefiel ihr in dem schmalen Geröllbett mit seinen verschiedenen Sträuchern und Sträuchlein so gut, dass sie bald zurückblieb.
Andrula saß ganz allein auf dem flachen, glatten Felsen, die große Traube in der Hand.

Noch trugen Ryos und Anti-Ryos ihre Tagfarben, unten bräunlich und oben graugrün, also konnte es nicht spät sein. Die dritte, die ferne Insel, ließ sich nicht sehen, nur ahnen. Schläfrig rollten die Wellen an den Strand. Das Wasser klatschte leicht an die sonnenheißen Steine und wusch immer wieder über Andrulas staubige Füße, die wie auf einer Stufe standen. Sonst regte sich nichts, es war ganz still.
Es wurde dem Mädchen nun doch bewusst, wie lange sie heute allein gewesen war. Auf dem Weg, beim Hüten, hatte sie es nicht so sehr gespürt. Sie hatte Hirtin gespielt und ihr neues Amt sehr wichtig genommen, da waren die Stunden schnell vergangen. Aber jetzt hätte sie doch gern eine ihrer Freundinnen dabeigehabt. Nicht Stassa – Stassa war ihre Feindin. Aber Klio vielleicht oder Marigo. Irgendeine, mit der sie hätte die Traube teilen und Unsinn schwatzen können …
Weit draußen im Meer entstand plötzlich eine Bewegung. Andrula setzte sich auf. Delfine! Sie vergaß ihre Traube und ihre Einsamkeit, denn schon hoben sich zwei, drei glänzende Leiber aus der Flut, vollführten in der Luft mühelos eine halbe Wendung und tauchten wieder ins Wasser. Es mussten mindestens sechs der schönen Tiere sein, sie sprangen in Paaren, einmal waren vier von ihnen zur selben Zeit in der Luft.

Ob sie zusammen spielten? Es sah so lustig aus. Andrula hatte noch nie so viele Delfine beieinandergesehen. Sie beobachtete die großen Fische, die tanzend und springend schnell vorüberzogen, wie gebannt und nicht ohne Neid. Sie wäre zu gern mit dabei gewesen! Oder – »Ob man sich vor ihnen fürchten muss?«, sagte sie halblaut.
»Lächerlich«, kam eine leise, sonderbar pfeifende, aber durchaus deutliche Stimme aus dem Wasser zu ihr, »vor uns braucht sich niemand zu fürchten!«
Andrula fuhr erschrocken zusammen. Sie blickte um sich – natürlich zur Landseite hin –, aber sie sah keinen Menschen weit und breit.
»Suchst du mich auf dem Trockenen, Närrchen?«, pfiff es wieder und diesmal klang es belustigt. »Schau ins Wasser!«
Und richtig, da vor ihr, dicht vor ihr, schwamm ein Delfin. Ein Delfin, der reden konnte. Denn sonst war keine Seele in der Nähe, von der die Worte hätten

kommen können. Sie sah ihn ganz genau – die sonderbar gespitzte Schnauze, die schön gewölbte Stirn, zwei kluge Augen, die gar keine Ähnlichkeit mit Fischaugen hatten und die sehr begehrlich auf die Weintraube in ihrer Hand gerichtet waren.

»Mädchen!«, fing er zum dritten Male an. »Mädchen, wach auf! Und bitte, gib mir von deinen Beeren!«

Andrula schüttelte sich wie ein kleiner Hund, der ins Wasser gefallen und eben wieder herausgeklettert ist. Doch, sie war wach. Sie war völlig wach, sie saß in der kleinen Bucht auf ihrem Stein und vor sich hatte sie einen Delfin, der sprechen konnte und ihre Traube haben wollte. Auf einmal lachte sie, hob die Traube und wollte sie ihm zuwerfen.

»Langsam – langsam!«, sagte er mit seiner eigentümlich pfeifenden Stimme. »Eine Beere du, eine ich – ja? Dann haben wir länger Freude daran.«

Andrula nickte eifrig. Sorgsam wählte sie die schönste, dickste Beere aus: »Fang!«, rief sie und ließ sie hoch durch die Luft fliegen. Ehe die Beere das Wasser erreichen konnte, schnellte ihr der große Fisch entgegen und fing sie mitten in der anmutigsten Wendung.

»Bravo, bravo!«, schrie Andrula begeistert. »Schön machst du das!«

Lächeln konnte der Delfin auch, und wenn er eine Hand gehabt hätte, dann hätte er sie gewiss auf die Brust gelegt und so höflich gedankt, wie man es alle Kinder der Chora von klein auf lehrte.

Andrula aß nun auch eine Beere, aber nur der Form wegen. Und dann warf sie wieder eine für den Delfin – und noch eine und noch eine. Jede fing er geschickt auf, auch als sie anfing dahin und dorthin zu zielen. Er war unglaublich flink und wendig. Andrula lachte laut vor Vergnügen.
Auf einmal fiel ihr etwas ein und sie hielt inne, die letzte Beere in der schon erhobenen Hand. Verwirrt sah sie von dem Rest der Traube in ihrer Linken auf ihren neuen Spielgefährten und wieder auf das zierliche, jetzt fast leere Gerippe, an dem nur noch zwei winzige, unreife Kügelchen saßen.
Der Delfin hatte der Abwechslung halber ein paar Tauchkunststücke eingelegt. Nun wendete er so geschmeidig wie eine Sardelle und kam wieder näher.
»Ach, sie sind alle?«, fragte er. »Oder ist die Reihe an dir?«

Andrula schüttelte den Kopf. »Fressen Delfine denn Weintrauben?«, fragte sie langsam.
»Die meisten nicht«, erklärte der Delfin bereitwillig. »Ich aber habe seit jeher eine besondere Beziehung zu Weintrauben gehabt. Sag mir, hast du auch deinen Teil bekommen? Wenn es um Trauben geht, bin ich gierig.«
»Wir haben viele daheim«, sagte Andrula. »Komm morgen wieder hierher, dann bringe ich dir eine noch viel schönere.«
»Ach bitte, ja!«, antwortete der Delfin. »Du bist wirklich sehr lieb. Ich freue mich auf morgen.«
»Ich auch, ich auch!«, rief Andrula und sie winkte ihm nach, als er fortschwamm, und er vollführte ein Dutzend seiner schönsten Sprünge für sie.
Die Inseln waren schon veilchenfarben und zwischen ihnen leuchtete die ferne, die dritte Insel golden auf. Andrula schaute verträumt hinüber. Ob ihr Delfin dorthin schwamm?
Da hörte sie die arme Katsika kläglich rufen, das brachte sie wieder auf den festen Boden zurück. So schnell sie konnte, kletterte sie nach oben und führte die Ziege auf dem kürzesten Wege heim.

»Wie spät du kommst!«, rief die Mutter, die am Hoftor stand und nach ihr Ausschau hielt. »So lange brauchtest du doch nicht auszubleiben! Wo warst du denn bloß?«

»In den Feldern, der Katsika hat es Spaß gemacht«, antwortete das Kind.
»Das glaube ich – aber du hast sicher genug vom Hüten, nach einem so langen Tag in den Feldern, und ganz allein«, meinte Evangelia.
»Nein, ich war auch gern da«, sagte Andrula. Sie füllte einen Becher mit Wasser, durstig trank sie und füllte ihn noch einmal. Dann blickte sie zu den Trauben auf, die voll und dicht über ihr hingen, und es war, als ob sie heimlich lachte.
»Morgen geh ich wieder hüten«, kündigte sie an.
»Was sagst du da?«, rief die Mutter, die hin und her ging, einen Teller voll gebratener Kartoffelschnitze auf den Tisch stellte, Tomatensalat und etwas Ziegenkäse brachte und große Stücke von dem dunkelbraunen Brot abschnitt. »Lauf du nur morgen ins Dorf und spiele, wie alle anderen Kinder.«
»Mit denen spiel ich nicht mehr«, murmelte Andrula und griff nach den Kartoffelschnitzen. Die Mutter melkte noch schnell die Ziege und setzte sich dann auch zu Tisch. Über ihnen schwankte die alte Petroleumlampe zwischen den Weinblättern.
Andrula merkte erst jetzt, wie hungrig sie war. Sie aß ihren Käsebrocken und bat um einen zweiten, sie aß fast den ganzen Tomatensalat. Und wie gut das Brot war! Es war frisch, die Mutter hatte heute gebacken.
»Kann ich eine Traube haben, Manula?«, bat sie.
»Ich werde nachsehen, ob noch eine reif ist«, sagte

Evangelia. Sie stieg auf einen Stuhl und blickte sich prüfend um. »Hier, diese sollte süß genug sein«, meinte sie und schnitt eine kleine reife Traube ab.

»Danke schön, Manula«, murmelte Andrula höflich. Sie zupfte eine Beere ab, warf sie in die Luft und versuchte sie mit den Lippen zu fangen. Aber so weit sie auch ihren Mund aufsperrte, die Beere prallte ihr aufs Kinn und rollte zu Boden. Sie versuchte es von Neuem und wieder gelang es nicht. Auch die zweite Beere kollerte in den Sand.

»Was machst du denn da?«, rief die Mutter, nun wirklich ärgerlich. »Ich habe noch keine einzige Beere gegessen und du wirfst damit. Schämst du dich nicht?«

Andrula schämte sich, aber sie hatte ja nur herausfinden wollen, ob sie es auch fertigbrächte – Beeren aufzufangen wie der Delfin. Der konnte es sogar im Schwimmen. Sie war sehr stolz auf ihn. Leider durfte sie der Mutter nichts davon erzählen. Sie hätte es doch nicht geglaubt und »Lügen!« gesagt. So lieb und gut die Mutter war – sie war eben eine von den Großen: Über alles konnte man nicht mit ihnen sprechen.

»Verzeihung, Mamaka«, sagte sie deshalb nur und danach war sie so brav wie möglich. Sie wusch die beiden Teller und die beiden Gabeln und das Messer, das sie abwechselnd benutzt hatten, und räumte alles fort. Dann half sie das Bettzeug auseinanderrollen und legte die Kopfkissen zurecht. Fast war sie zu müde ihre Füße zu waschen, aber die Mutter bestand darauf. Die Mut-

ter war auch müde, todmüde, aber sie wusch sich trotzdem, wie es sich gehörte. Endlich blies sie die Lampe aus und legte sich zu Andrula auf die große Matte.
»Gute Nacht«, murmelte die Kleine schlaftrunken.

Die Wellen rollten leise, flüsternd an den Strand. Evangelia hörte ihnen noch lange zu.

Was war nur heute in die Mutter gefahren? Sie wollte Andrula nicht von ihrer Seite lassen. Immer wieder fand sie etwas anderes, was das Mädchen unbedingt erledigen musste – Wasser tragen, den Hof fegen, weiße Bohnen für die Suppe verlesen –, schließlich schickte sie die Kleine sogar nach rotem Garn zum Krämer. Diesen Auftrag führte Andrula höchst widerwillig aus. Erstens lag ihr nichts daran, in die Chora zu gehen – und wo sonst konnte man rotes Garn finden? –, und zweitens nahm der Gang ins Dorf und wieder zurück viel Zeit weg. Und es war doch schon so spät! Sie lief den ganzen Weg, kam sehr erhitzt zu Hause an und wurde zu allem Überfluss noch gescholten.
Dabei war es noch gar nicht spät. Sie war vor lauter Erwartung und Ungeduld eine Stunde früher aufgestanden als sonst und ihre kleinen Pflichten hatten nicht halb so viel Zeit in Anspruch genommen, wie sie glaubte. Am Ende war sie beinahe ebenso früh unterwegs wie am gestrigen Tag.
Die Katsika hatte es genauso wenig erwarten können wie Andrula, bis es wieder zur Weide ging. Sie meckerte laut vor Vergnügen und drängte eifrig vorwärts. Aber als sie dahin kamen, wo die kleinen Stauden und Sträucher wuchsen, und die Ziege wieder genüsslich bei allen haltmachen wollte, da ließ Andrula ihr nicht

den Willen. Sie trieb und trieb und ruhte nicht, bis sie oben an der Bucht angelangt waren. Die arme Alte war fast zu müde ein paar Blätter abzuzupfen. Sie suchte sogleich das Fleckchen Schatten auf, das vor dem Felsblock lag wie ein kleiner Teich.
»Ja, bleib du nur liegen«, sagte Andrula, der sie nun leidtat. »Ich will schnell einmal hinunterspringen – gleich bin ich wieder da.« Sie konnte es nicht abwarten, den Delfin zu sehen.

Aber die kleine Bucht war leer. Und die See, so weit, so still, war ebenfalls leer. Nirgends wirbelte es, nirgends kräuselte sich eine Welle. Weder in der Nähe noch in der Ferne sprangen glatte, blanke Fischleiber aus den Wogen und über sie hinweg.
Tief enttäuscht wandte Andrula sich um und kletterte langsam wieder hinauf. Er war nicht gekommen! Und er hatte es doch versprochen, ja, er hatte gesagt, er freue sich darauf. Und sie hatte so schöne Weinbeeren für ihn – ihre ganze Traube hatte sie ihm zugedacht, weil er sie so gern mochte. Am liebsten hätte sie die Traube jetzt weggeworfen.
Dann fiel ihr ein, dass sie ja nicht verabredet hatten, um welche Stunde sie sich wieder treffen wollten. Augenblicklich verschwand ihre Trübsal. Natürlich, das war es. Sie war ganz einfach zu früh gekommen. Gestern hatte sie lange geschlafen und war darum viel später zur Bucht hinabgestiegen. Und wenn sie heute auch

nicht eben zeitig von zu Hause weggegangen war – auf dem Weg hierher hatte sie sich so beeilt, dass sie ihre Verspätung reichlich wieder eingeholt hatte. Und wie hatte sie die arme Katsika getrieben! Sie war so erleichtert, dass sie das ehrlich bereuen konnte, und sie nahm sich vor, ihr mindestens die Hälfte ihres Brotes zu geben. Vielleicht sogar noch mehr.

Die Ziege lag noch in ihrem Fleckchen Schatten, als Andrula oben ankam, und das Mädchen nahm sie zärtlich um den Hals: »Nicht wahr, Katsika mu, du gehst trotzdem gern mit mir auf die Weide? Und du wirst brav sein und fressen – es gibt ja so viel Strauchwerk hier. Und schau: Mein Brot, das ist auch für dich. Lauf aber nicht fort! Ich muss zu dem Felsen hinunter, da wächst doch nichts für dich. Bleib du nur hier, bis ich wiederkomme.«

Diesmal schwamm der große Fisch vor den Felsen der Bucht umher, als Andrula mit ihrer Traube auf den

glatten Stein sprang. Er hatte sie schon gesehen und kam eilig auf sie zu.
»Du hast Wort gehalten!«, begrüßte er sie und gluckste leise, wie jemand, der heimlich tief in der Kehle lacht.
»Natürlich – und du auch«, rief Andrula. »Fang!« Und sie spielten das Beerenspiel, bis auch die letzte und kleinste Beere in seinem Schlund verschwunden war.
»Mir scheint, ich fresse immer deinen Anteil mit«, bemerkte er dann. Wenn das beschämt oder bedauernd klingen sollte, dann war ihm das nicht gelungen. Im Gegenteil, es kam eher vergnügt heraus.
»Ja«, gab Andrula lachend zu. »Aber du magst doch so gerne Trauben, nicht wahr? Und du bekommst sicher selten welche …«
»Nie«, sagte der Delfin. »Nie, seit damals.«
»Wann war ›damals‹?«, fragte Andrula neugierig.
»In der alten Zeit«, antwortete er. Er schwamm langsam hin und her und dabei fing er an zu erzählen.

»Einmal, vor langer, langer Zeit«, hob er an und es war, als ob Windharfen Musik dazu machten, »einmal fuhr ein Schiff über dieses Meer, gar nicht weit von hier. Das war besetzt mit dunklen, verwegenen Gesellen, aber ihr Fahrgast war hell, jung und schön … Das gab den Schiffern arge Gedanken ein und sie begannen ihm heimlich Blicke zuzuwerfen. Sie flüsterten miteinander: ›Wie wär's, wenn wir ihn überfallen und binden würden? Ein so starker, junger Mann wird auf dem Sklavenmarkt viel Geld einbringen. Oder wir könnten ihn gefangen halten und hohes Lösegeld für ihn fordern.‹

Der Plan schien vorzüglich und so leicht auszuführen, denn sie waren viele gegen einen. Aber dieser eine …

Er saß ganz still vorn im Bug, schaute sie an und lachte. Plötzlich schrie einer von den Bösewichtern gellend auf und wies mit zitternden Fingern nach dem Mast, nach den Rahen, und als die anderen hinschauten, schrien auch sie oder sie waren stumm vor Entsetzen. Denn an Mast und Ruderbänken, an allem Holzwerk des Schiffes, brachen Knospen aus, sprossen Zweige und wanden sich empor. Efeuranken und Reben griffen hierhin und dahin, trugen auf einmal Blätter und Blüten und reife Trauben. Und rund um das Schiff war Musik von Flöten und Nachtigallengesang und Duft von Wein. Wo der Fremdling gesessen hatte, stand jetzt ein Löwe, ein gewaltiges goldenes Tier. Es erhob das Haupt und brüllte.

Da überfiel die Schiffer eine solche Angst, dass sie sich ins Meer warfen. Alle, außer dem Steuermann. Der hatte mit dem Plan nichts zu tun haben wollen.«

»Warum denn nicht?«, flüsterte Andrula gespannt.

»Weil er geahnt hatte, wer da mit ihnen fuhr.«

»Und wer war es?«

»Ein Gott«, sagte der Delfin. »Ein neuer und mächtiger Gott.«

Mit einem Gott wusste Andrula nichts anzufangen. Sie ließ ihn unter seinen Ranken und Reben und kümmerte sich um das, was ihr näherstand: »Und die Schiffer?«, fragte sie.

»Die waren zu Delfinen geworden, sobald sie das Wasser berührten.«

»Ach ...«, sagte Andrula staunend und überlegte eine Weile. »Warst du auch dabei?«, erkundigte sie sich dann mit dem unschuldigsten Gesicht von der Welt.

»Stell keine Fragen und du hörst keine Lügen«, gab der Delfin schlagfertig zurück.

»Nein, bitte, einen Augenblick!«, unterbrach ihn Andrula. »Das Schiff mit dem goldenen Löwen und den Trauben – was ist aus dem Schiff geworden?«

»Es ist weitergesegelt wie ein blühender Garten. Und der Löwe hat sich wieder in einen schönen Jüngling zurückverwandelt, der pflückte die Trauben vom Mast und von den Rahen und warf sie rechts und links über Bord, den Delfinen zu. Und er lachte, wenn sie danach sprangen.«

»Er lachte ...«, wiederholte Andrula verträumt. Sie sah alles: das grün umlaubte Schiff, die schweren Traubenbündel, blassgolden, rötlich und dunkelblau. »Wie schön. Was für eine wunderschöne Geschichte! Weißt du noch eine?«

»Viele«, antwortete der Delfin. »Aber es ist besser, sie zu erleben, als sie nur anzuhören. Willst du meine nächste Geschichte erleben?«

»Ja«, rief Andrula eifrig, »ja!«
»Nicht weit von hier«, begann er, »ist eine Insel ...«
»Meinst du die dritte, die ferne Insel, die man nur bei Sonnenuntergang sieht?«, unterbrach Andrula ihn wieder.
»Ja, die meine ich. Kennst du sie denn?«
»Nein, ich bin noch nie von Kalonysos fort gewesen. Aber ich möchte zu gern einmal dahin.«
»Warum nicht?«, fragte der Delfin, als sei das die einfachste Sache der Welt.
»Warum nicht?«, wiederholte Andrula. »Wie käme ich wohl dahin? Ich kann ja nicht schwimmen wie du!«
»Und ich kann nicht auf den Rebacker gehen und Trauben pflücken wie du«, sagte der Delfin. »Aber man kann einander helfen. Du möchtest die Insel besuchen – ich bringe dich hin.«
»Du bringst mich hin?«, rief Andrula ungläubig.
»Ja. Auf meinem Rücken.« Er gluckste wieder, als ob ihn etwas belustigte. »Du wärest nicht das erste Menschenkind, das auf einem Delfinenrücken über das Meer fährt!«
Andrula war begeistert. »Geht das wirklich? Jetzt sofort?«, rief sie und sprang auf.
»Nein, natürlich nicht jetzt sofort, kleines Dummerchen. Es ist viel zu spät. Sieh, die Inseln sind schon fast dunkelblau.«
Wirklich, das waren sie, und die ferne Insel leuchtete purpurrot dazwischen, weit, weit am Horizont.

Andrula erschrak.
»Morgen denn«, rief sie hastig, »morgen früh!« Ohne seine Antwort abzuwarten, kletterte sie über die Felsen zu der hohen Küste hinauf. Sie musste der Ziege eilig nachlaufen, die allein den Heimweg angetreten hatte.

Die Mutter war sehr ungehalten, als Andrula endlich nach Hause kam.
»Es ist schon dunkel«, sagte sie vorwurfsvoll. »Ist es nötig, dass du so lange draußen bleibst? Sonst hast du immer gewusst, wann es Zeit zum Heimkommen ist.«
»Ja, da war ich auch mit den anderen zusammen, und wenn die heimgingen, ging ich auch«, verteidigte sich das Mädchen.
»Das ist wahr«, meinte die Mutter und nachdenklich fügte sie hinzu: »Ich wollte, du spieltest wieder mit den Kindern im Ort. Es ist nicht in Ordnung, dass ein Mädchen den langen Tag in den Feldern bleibt – ganz allein.«
»Du bist auch den ganzen Tag allein«, wandte Andrula ein.
»Ich bin eine Frau und kein Kind mehr«, wies die Mutter sie zurecht, »das ist etwas anderes. – Nicht wahr, morgen bist du vernünftig und gehst wieder mit den anderen spielen?«
»Die wollen mich nicht und ich will sie nicht«, sagte Andrula verstockt. Und als die Mutter den Kopf schüttelte, rief sie: »Die Katsika muss doch auf die Weide!«
»Die ist jetzt genug draußen gewesen, die kann ruhig wieder hier an den Büschen knabbern.«
Andrula erschrak. Am Ende ließ die Mutter sie wirk-

lich nicht mehr fort? Gerade morgen nicht, und der Delfin wollte sie doch zur Insel bringen! Sie verlegte sich aufs Schmeicheln und nahm die Mutter zärtlich um den Hals. »Ach, Manula, lass mich nur gehen! Es ist so schön draußen auf den Hängen. Da ist immer so viel zu sehen, Falken hoch oben in der Luft und Wachteln beinahe unter meinen Füßen und vorgestern hab ich sogar Delfine gesehen, weit draußen im Meer …«
»Delfine?«, fragte die Mutter argwöhnisch. »Du warst doch nicht unten in der kleinen Bucht, bei den Felsen?«
Da hätte Andrula sich beinahe verraten! Sie sagte hastig: »Nein, nicht ganz unten. Man kann von oben weit übers Meer schauen und da waren die Delfine.« Das war eine Lüge und sie konnte die Mutter nicht ansehen.
»Dass du mir nicht allein in die Bucht hinuntersteigst!«, befahl Evangelia streng. Andrula versprach es sofort und sie hatte sogar ein ruhiges Gewissen dabei: Sie stieg ja nie allein in die Bucht hinab. Die alte Katsika war immer dabei – die ersten paar Schritte jedenfalls, bis zu den Büschen.
Sie nahm ein Stück Brot und etwas Käse und setzte sich damit vor das Tor, den Rücken an die Mauer gelehnt, sodass sie das Meer sehen konnte, über dem die Sterne hingen wie Bündel von Trauben und leichte Kränze. Im Hof ging die Mutter noch ihren letzten Pflichten nach. Sie hatte die Ziege gemolken und

brachte jetzt eine Schüssel Joghurt und einen Teller voll weißer Bohnen für Andrula.
»Iss«, sagte sie, »du wirst hungrig genug sein.«
»Und du?«
»Ich habe keinen Hunger.«
Sie setzte sich zu ihrer Tochter und blickte auf das

Meer hinaus. Sie schien sehr müde, denn sie sprach fast nichts, sie seufzte nur ein- oder zweimal leise. Aber Andrula war daran gewöhnt, dass die Mutter seufzte, sie hörte kaum hin.

»Manula«, sagte sie, als ihr Teller leer war, »weißt du, dass es zwischen Ryos und Anti-Ryos noch eine Insel gibt? Aber sie ist viel weiter weg, man sieht sie nur, wenn die Sonne untergeht.«

»Ja, ich weiß«, antwortete die Mutter.

»Was für eine Insel ist das, Manula?«

»Das weiß ich nicht, aber Leute, die da gewesen sind, reden nichts Gutes von ihr.«

»Welche Leute sind denn da gewesen?«

»Die Fischer. Von hier fährt zu dieser Insel niemand hin. Sie ist öde und leer und es gibt nicht einmal ein Haus dort, glaube ich. Und kein Wasser. Aber hin und wieder legt schon einmal ein Boot an – doch es bleibt nie lange.«

»Warum denn nicht, Manula?«

»Ach, es ist niemandem recht wohl da. Der Fischer Sotiris hat oft davon erzählt. Es war, sagte er, als ob sie beobachtet würden, er und seine Leute, solange sie auf der Insel weilten. Als ob ihnen immerzu Augen auf den Nacken blickten. Sotiris ist ein mutiger Mann und er hat die Insel durchforscht, aber da war niemand. Keine Menschenseele – nicht einmal ein Tier.«

»Oh«, murmelte Andrula sehr enttäuscht.

»Und doch wäre die Insel nicht leer, das behauptet Sotiris heute noch. Es sei etwas da gewesen, wenn es sich auch nicht sehen ließ. Aber es wollte keine Christen da haben, sagt er – es trieb sie fort.«

»Wie trieb es die Fischer denn fort, wenn sich nichts sehen ließ? Hörten sie etwas?«

»Nein, soviel ich weiß, nicht. Sie hatten nur ein Gefühl, und das wurde immer stärker – sie müssten zu ihrem Boot zurück und fortsegeln, so schnell wie möglich, sonst ...«

»Ja? Sonst ...?«, fragte Andrula gespannt.

»Das konnte Sotiris nicht sagen. Und die andern beiden, die mit ihm waren, erst recht nicht. Sie hatten richtig Angst und konnten nicht schnell genug in ihr Boot kommen. Sotiris hat gesagt, er würde nie wieder einen Fuß auf die Insel setzen. Er nennt sie: die Insel, die uns nicht will.«

»Die Insel, die uns nicht will«, wiederholte Andrula halb erschreckt, halb unwiderstehlich angezogen.

»Ja. Aber komm jetzt, hilf mir mit den Decken. Es ist spät geworden und ich muss morgen früh aufstehen. Die Dimitrina hat mich für den ganzen Tag bestellt. Sie will Garn färben und ich soll ihr dabei helfen.«

Andrula sprang voller Freude auf. Da würde sie ja frei sein und ungehindert zur Bucht laufen können! Und dann – zur Insel. Zu der Insel voller Geheimnisse, die die Menschen nicht wollte.

Aber mich will sie, dachte Andrula, und ihr Herz klopfte schneller, ich bin eingeladen.

Nicht weit von Evangelias Haus stand eine weiße Kapelle, mitten im Feld und doch ziemlich nahe am Weg. Diese Kapelle, so schmucklos und bescheiden sie war, hatte einen bedeutenden Ruf. Sie war der Muttergottes geweiht und zu ihr pilgerten alle, die ein besonders dringendes Anliegen hatten. Man nannte sie deshalb »Unsere liebe Frau von der schnellen Hilfe«. Eigentlich hieß sie »Panagia im Gefild«, aber Andrulas Mutter hatte noch einen dritten Namen für sie: »Panagia Gitonissa« – »Die Allerheiligste Nachbarin«. Sie ging jede Woche zu der kleinen Kirche, um die Lämpchen vor dem altersdunklen Holzbild der Jungfrau zu reinigen und mit frischem Öl zu füllen, und sie fegte den kleinen, fast leeren Raum regelmäßig. Wenn sie irgend konnte, zündete sie auch einen Wachsstock an, den dünnsten und billigsten zu einer halben Drachme. Aber es kam selten vor, denn selbst eine so geringe Münze wie eine halbe Drachme war viel Geld für Evangelia. Doch brachte sie jedes Mal wenigstens eine schöne Blüte mit oder einen duftenden Zweig von ihren Blumentöpfen, und sie hatte auch ihre Tochter gelehrt das zu tun.

Am ersten Tag, als Andrula die Ziege zur Weide geführt hatte, war sie schnell vom Weg abgebogen und zu dem Kirchlein hingelaufen. Sie hatte ein Ästchen vom Rosmarinbusch und zwei kleine Rosen vor das Bild gelegt, sich fromm bekreuzigt und war dann leichten Herzens fortgesprungen. Am nächsten Morgen aber drängte es sie zu sehr zu der Bucht hin, in der ihr neuer Freund auf sie wartete, und auch heute ging sie an der kleinen Kapelle vorbei, obwohl die Mutter ihr nachgerufen hatte: »Bring der Gitonissa eine Blume! Ich kann heute nicht zu ihr hin.«

Andrula hatte genickt, aber nicht hingehört, und nun lief sie eilig davon. Auch die arme Katsika wurde noch unbarmherziger angetrieben als am Tag zuvor. Andrula wusste, dass sie zu früh in der Bucht ankommen würde, und doch konnte sie es nicht ändern. Sie konnte es nicht erwarten – zu sehr lockten das Meer und die geheimnisvolle Insel.

Dafür gab sie der Ziege ihr ganzes Brot. Für sie selber blieben der Käse und die salzigen Oliven. Unschlüssig sah sie von dem weißen auf das schwarze Häufchen:

Ohne Brot – was fing sie damit an? Mitnehmen konnte sie nichts. Sie würde sehr hungrig werden, das war klar, denn die Traube war natürlich für den Delfin bestimmt. Schließlich sagte sie sich, sie könne den Käse essen, während er die Traube verzehrte – sie hoffte, er würde das Beerenspiel heute nicht zu lange ausdehnen wollen! –, die Oliven aber würde sie in einer Lücke zwischen zwei großen Steinen verstecken. Da konnten sie bleiben, sie hielten sich ja. Die Armut hatte das Kind gelehrt, mit jeder kleinsten Speise achtsam umzugehen.

Gerade hatte sie eine geeignete Spalte gefunden, da spritzte und platschte es hinter ihr: Der Delfin war gekommen. Freudig sprang sie zurück auf den glatten Stein. »Guten Morgen«, rief sie, »guten Morgen! Hier ist deine Traube!«

»Nimm sie mit«, sagte er, »für das Spiel haben wir jetzt keine Zeit. Es ist ein weiter Weg bis zur Insel.«

Die Traube mitnehmen! Andrula sah ihn verwundert an. Wie sollte sie sich dann festhalten – nur mit einer Hand?

»Woran willst du dich denn festhalten?«, fragte der Delfin belustigt. »Habe ich eine Mähne wie ein Pferd? Oder hast du einen Zügel mitgebracht?«

Nein, das hatte sie nicht, sie hatte nicht einmal einen Gürtel, der als Zügel hätte dienen können. Wie sie sich auf dem glatten Fischrücken halten würde, war ihr ein Rätsel – aber der Delfin gluckste nur.

»Komm«, sagte er, »lass das Kleid zurück, das brauchst du nicht. Es wird nur nass.«
Andrula streifte ihren grauen Kittel ab, rollte ihn zusammen und versteckte ihn gut. Sie stopfte von dem Käse in den Mund, so viel sie in der Eile schlucken konnte; was übrig blieb, nur ein kleiner Rest, kam zu den Oliven.
Nun war sie bereit. Die große Traube in der Hand, stieg sie vorsichtig von dem glatten Felsen hinunter, genau wie der Delfin sie anwies. Die nächste Stufe lag schon ziemlich tief unter Wasser und von ihr aus war es leicht aufzusitzen. Der große Fisch hielt ganz still und da saß sie. Rittlings dicht hinter seinem Kopf mit der drolligen Schnauze; sie presste seine Flanken mit den Knien, denn er sagte, so müsse sie sich festhalten.

Zuerst war es ihr ein wenig bang zumute. Es ging so schnell! Sie wünschte nichts so sehr, als etwas zu haben, woran sie sich festhalten könnte – irgendetwas: ein Band oder auch nur eines der langen Tanggewächse, die der Sturm manchmal ans Land trieb. Aber bald merkte sie, dass ihr keine Gefahr drohte. Der Delfin schwamm mit gleichmäßiger Geschwindigkeit und dicht an der Oberfläche dahin. Mit der wachsenden Sicherheit kam die Freude an diesem Ritt über das Meer. Wie leicht, wie frei dieses Dahingleiten in Kühle und Stille war! Viel, viel schöner, als in einem Boot zu fahren. Das hatte Andrula ein einziges Mal in ihrem Leben getan, als Fotis, der Sohn des Fischers Sotiris, im vorigen Sommer mit einer Ladung kleiner Mädchen und Jungen um die Bucht gegondelt war. Die Ruder hatten geknarrt und der alte, schwere Kahn war langsam über das glatte Wasser der Bucht gezogen, mühselig beinahe. Dennoch hatte Andrula gemeint, es könne nichts Schöneres geben als eine solche Fahrt. Jetzt erlebte sie, dass es etwas viel, viel Schöneres gab. Auf einem Delfin über das Meer reiten: Das war, als sei man selber ein Boot, ein schmales, flinkes, mit einem hohen Segel, und ein frischer Wind triebe es dem Ziel zu. Es war wie schweben, es war wie fliegen – ja, sie war Fisch und Vogel zugleich. In ihrer Freude fing Andrula an zu singen, wie sie es damals alle zusammen in Fotis' altem Kahn getan hatten: »Ein Schiff kam von Chios …«

Der Delfin gluckste tief in der Kehle und gab ein leises, weiches Pfeifen von sich. Wie alle seiner Sippe liebte er heitere, leichte Weisen fast so sehr wie Fisch zum Frühstück, Mittag- und Abendbrot. Er schwamm oft weite Strecken, um Musik zu hören, und folgte mit seinen Brüdern einem Schiff manchmal meilenweit, wenn an Deck das Radio spielte. Als Andrula ihr Lied beendete, bat er: »Sing weiter, Kind! Aber etwas Sanftes, hörst du? Denn wenn ich Lebhaftes höre, dann kann ich nicht anders – dann muss ich springen, und das würde dir übel bekommen.«

Ryos und Anti-Ryos lagen schon hinter ihnen, fielen zurück, wurden bläulich und blasser. Das Meer glänzte und glitzerte im Mittagslicht und zum ersten Mal sah Andrula ihre Insel richtig.

Sie tauchte wie eben erschaffen aus dem Wasser auf, aber sie war kleiner, als sie es sich vorgestellt hatte. Bald konnte sie feststellen, dass ihre Hänge steil und zerklüftet zum Meer abfielen. Und sonderbar: Es war beinahe – aber das war doch nicht möglich! –, es war, als käme die Insel ihnen entgegen.

Möglich oder nicht, das Kind war froh darüber. So lustig der Delfinenritt zuerst gewesen war, so kühl und seidig die See – nun war die Sonne längst höher gestiegen und zielte mit ihren brennenden Strahlen auf Andrulas Kopf und ihre ungeschützten Schultern. Warum hatte sie auch kein Kopftuch umgebunden? Das Gleißen des Wassers tat ihren Augen weh …

»Gleich sind wir da«, tröstete der Delfin.
Aber da schoss es weiß und glänzend durch die blaue Flut heran. Ein schmales Gesicht mit großen grünlichen Augen tauchte dicht neben ihnen auf.
»Die Gorgona!«, rief Andrula erschrocken, und noch ehe das Wunderwesen etwas sagen konnte, tat sie, was in diesem Fall getan werden musste, wenn man mit dem Leben davonkommen wollte. »Der große Alexander lebt und herrscht!«, sagte sie laut und deutlich.
»Wer lebt und herrscht?«, fragte das Wasserwesen sehr überrascht.
»Dein Bruder«, sagte Andrula, die sie für die sagenhafte Schwester Alexanders des Großen hielt.
»Ich habe neunundvierzig Schwestern«, sagte das Meermädchen, mühelos Seite an Seite mit dem Delfin schwimmend, »aber soviel ich weiß, keinen Bruder. Was ist es mit diesem Alexander?«
Es wirbelte in der glasklaren See und ein halbes Dutzend der neunundvierzig Schwestern kam an die Oberfläche, Arm in Arm und eine so schön wie die andere.
»Ja, erzähl uns von diesem Alexander«, riefen sie übermütig.
»Mädchen, Mädchen«, wehrte der Delfin ab, »lasst sie doch erst an Land gehen! Seht ihr nicht, wie müde sie ist? Wie die Sonne ihr zusetzt?«
Ein siebenstimmiges Gelächter erklang. Es erschien diesen Geschöpfen des Meeres unendlich komisch, dass jemand im Wasser müde werden konnte oder an

der Oberfläche blieb, wenn ihm die Sonne zu stark wurde.
»Ja, lacht nur«, sagte der Delfin. »Hier habt ihr gut lachen! Aber steigt doch mit ihr an Land und seht, wie lange ihr da frisch bleibt!«
Übermütiges Gekicher sprühte auf wie ein Schauer von Tropfen. Eine der sieben glitt näher heran: »Gib sie uns! Wir wollen sie auf unseren Armen ans Ufer tragen.«
»O nein«, sagte der Delfin sehr entschieden. »Ich habe sie gefunden, ich bringe sie nach Hyria – und wieder zurück, versteht ihr?«

Da lachten sie aufs Neue; es klang, als ob Gläser aneinanderklirrten. Aber sie ließen ab und glitten spielend und schwatzend neben ihnen her, bis sie die ersten braunen und ockerfarbenen Felsen erreichten. Nun hoben viele weiße Arme Andrula empor und setzten sie auf einen Stein, der im Schatten eines höheren Vorsprunges lag.

»Willkommen auf Hyria! Und nun – wie war das mit unserem großen Bruder, von dem wir gar nichts wissen?«

Im ersten Augenblick war Andrula wie geblendet, weil sie unvermittelt aus grellstem Licht in tiefen Schatten geraten war. Das Blut klopfte ihr in den Schläfen. Sie tat ein paar lange Atemzüge und ihr wurde besser. Die Luft war süß und frisch auf dieser Insel Hyria – wie der Delfin und die seltsamen Mädchen sie genannt hatten.

Die Insel, die keine Menschen wollte? Andrula spürte davon nichts und sie spürte auch keine unsichtbaren Augen, die unfreundlich auf ihren Rücken gerichtet waren. Im Gegenteil, ihr war überaus wohl hier. Der Stein, auf dem sie saß, trug sie ebenso willig wie der glatte Felsen daheim in der kleinen Bucht.

»Der große Alexander«, begann sie, »ja, er war ein König und ein Held, vor langer Zeit. Noch bevor die Türken uns Griechen zu ihren Sklaven machten. Er zog mit seinen Soldaten über das Meer und eroberte viele Länder. Wohin er kam, hat er sich alles untertan gemacht: Städte, Dörfer, ganz Kleinasien. Aber ich weiß nicht, wie alle diese fernen Orte heißen.«

»Macht nichts«, sagte eine der Nereiden, die sich im Halbkreis, dicht vor ihr, gelagert hatten, ein Kranz von hellen, aufmerksamen Gesichtern über hübschen, glatten Mädchengliedern, die so bequem im Wasser ruhten wie Menschen auf grünem Rasen.

»Er hatte eine Schwester«, berichtete Andrula weiter, »die liebte ihn mehr als alles in der Welt. Aber bei einem Sturm ist sie von seinem Schiff ins Meer gestürzt und er hat sie verloren. So erzählen die Fischer bei uns. Ertrunken ist sie nicht, sie ist zur Meerfrau geworden, zur Gorgona. Sie hat einen Fischleib und in der Hand hält sie den Dreizack, in der anderen ein Segelboot – die Kalliope, die Frau des Kaffeewirtes, hat sie so gestickt, ganz bunt und in Seide, und jetzt hängt sie bei ihr an der Wand. Unter Glas; ich habe sie oft gesehen.«
»Aber der Alexander, was ist aus dem geworden?«, fragten alle sieben Nereiden zugleich.
»Der ist gestorben. Ich glaube, er war noch ganz jung«, antwortete Andrula traurig.
»Aber du hast doch gesagt, er lebt und regiert!«, rief der Chor gläserner Stimmen.
»Ja, das muss man sagen. Die Gorgona schwimmt immer noch im Meer und hofft ihren Bruder zu finden. Manchmal taucht sie auf und ruft ein Schiff an: Lebt der große Alexander? Und dann muss man sofort antworten: Der große Alexander lebt und herrscht! Denn wenn man die Wahrheit sagt: Er ist schon lange tot und begraben – dann wird sie böse und macht riesige Wogen und zieht das Schiff auf den Grund.«
»Ach, Unsinn«, sagten die Meermädchen untereinander, »das sind wir doch – und unsere Vettern, die Winde, die das tun. Wisst ihr was, Schwestern? Diese Gorgona gibt es gar nicht.«

»Und wenn es sie gäbe«, rief eine der Nereiden und sprang im Wasser auf, »wie dumm muss sie sein, dass sie sich immer wieder so anlügen lässt!«

Damit verloren alle das Interesse an der Gorgona und wandten sich wieder zu dem Delfin: »Gib uns das kleine Menschenkind, Guter – lass uns mit ihm spielen.«

»O nein«, widersprach Andrulas Freund, »das kleine Menschenkind geht jetzt sich die Insel ansehen.« Er war während ihrer Erzählung langsam auf und ab geschwommen, mit munteren, aber wachsamen Augen. Andrula fiel ein, dass sie ja immer noch die Traube in der Hand hielt.

»Nein, erst dies!«, rief sie. »Fang!« Und sie warf die erste Beere. Da kamen die Wellentöchter wieder herbei: »Uns auch! Uns auch!«, riefen sie.

»Ihnen auch?«, fragte Andrula den Delfin.

»Meinetwegen«, gluckste er, »aber es geht ihnen nicht um die Beeren, sondern nur um das Spiel. Du wirst sehen – sie mögen Trauben nicht.«

So warf Andrula denn ihre Beeren nah oder weit und es gab einen fröhlichen Kampf, wer sie am behändesten fangen konnte. Die ersten wanderten in den Mund der Meermädchen, die vor Ekel die Gesichter verzogen: »Pfui, das ist ja süß!« Es war offensichtlich, dass sie Salziges vorzogen. Danach begnügten sie sich damit, dem Delfin die Beeren abzujagen und ihn doppelt und dreifach darum springen zu lassen. Aber er war mindestens so flink und wendig wie sie; sie mussten sich schon sehr tummeln, wenn sie gewinnen wollten. Andrula sah lachend zu, aber um die Beeren tat es ihr leid. So kühl, so süß und frisch, und sie hatte solchen Durst. Sie pflückte eine für sich selbst und dann noch eine. »Ich bin furchtbar durstig«, entschuldigte sie sich bei dem Delfin.

»Durstig?«, rief eine der Nereiden. »Und all das Wasser hier?«

»Ja, Salzwasser«, sagte Andrula ärgerlich.

»Das ist doch gerade das Schöne daran«, lachte das Meermädchen, schlug einen Purzelbaum, verschwand und tauchte zwischen zwei ihrer Schwestern wieder auf.

»Wenn du Durst hast«, meinte der Delfin, »solltest du zur Quelle gehen und trinken.«

»Zur Quelle?«, rief Andrula überrascht. »Aber die Insel ist doch wüst und dürr und trocken, hat der Fischer Sotiris gesagt!«

»Der Fischer Sotiris wird wohl nicht viel von Hyria gesehen haben; wie sollte er es also wissen? Geh nur, folge dem Pfad dort um die Felsschulter herum, der wird dich schon hinbringen.«

»Wird mir auch nichts geschehen?«, fragte Andrula nun doch etwas ängstlich, weil sie allein ins Innere der Insel gehen sollte.

»Bist du nicht der Gast Hyrias?«, gab der Delfin zurück. »Der Gast ist heilig. Geh nur, komm aber gleich zurück. Ich warte auf dich.«

Beruhigt nickte sie und sprang von Stein zu Stein aufwärts. Als sie die Höhe des Ufers erreicht hatte, wandte sie sich um und winkte ihm zu. Das Wasser war so klar, dass sie das große Tier wie durch Glas sehen konnte. Die Meermädchen waren fortgeschwommen; nur zwei waren noch geblieben. Ihr Haar lag wie goldbrauner Seetang auf den dunkelblauen Wogen.

Da war der Pfad: Nur eine schmale Spur, wand er sich an der steilen Küste hin und führte bald landeinwärts. Andrula war erstaunt, wie grün es auf den Hängen war. Zwar wuchs nur wenig Gras, aber der Boden war mit kurzen, krausen Kräutern bedeckt, die einen starken Duft zu ihr emporschickten, wenn ihre bloßen Füße sie streiften. Sie unterschied Thymian, Majoran und sogar eine niedrige Art von Minze und dazwischen standen all die kleinen roten, blauen und violetten Blumen, die daheim schon seit Ende April zu blühen aufgehört hatten.

Was hatte Sotiris nur gemeint, als er diesen Ort unfreundlich genannt hatte? Es war der heiterste, freundlichste Ort der Welt. Andrula lachte laut über den Fischer, weil er dumm war und die Insel Hyria so gründlich missverstanden hatte.

Da lag die Quelle vor ihr. So durstig sie war – sie musste einen Augenblick stillstehen und staunen: Ein so schönes Fleckchen Erde hatte sie noch nie gesehen.

Zwischen großen weißen Steinen sprang Hyrias Quell in ein Becken, dessen Boden mit bunten Kieseln bestreut war. Jeder dieser braunen, gelben und bläulichen Steine war versilbert von dem klaren Strahl. Wie Früchte sahen sie aus, wie Feigen, Mispeln und Trauben.

Und kalt war dieses Wasser! Und süß. Nie in ihrem Leben hatte Andrula solches Wasser gekostet. Sie schöpfte mit beiden Händen und kühlte ihr Gesicht. Dann setzte sie sich auf den Rasen, schlang die Hände um ihre Knie und blickte dem silbernen Rinnsal nach, das plätschernd durch ein kleines Tal wanderte.

Die Augen wurden ihr weit. Da unten – da, wo das

Wasser sich in einem zweiten, etwas größeren Becken kräuselte –, sah das nicht aus wie der Saum eines viel gefälteten weißen Kleides? Unendlich anmutig hob es sich über diesem Saum in die Höhe, eine schmale, leichte, wie durchsichtige Gestalt – schimmerte, lächelte und war verschwunden.

Andrula wusste genau: Sie war nicht eingeschlafen und hatte die Erscheinung etwa im Traum erblickt. Sie hatte doch die ganze Zeit die Nachtigall gehört, die da drüben im Oleanderstrauch sang! Oder hörte man im Traum eine leibhaftige Nachtigall?

Das war übrigens auch etwas zum Nachdenken. Eine Nachtigall – im September? Aber auf dieser Insel war wohl alles möglich.

Sie stand auf und ging hin zu der Stelle, an der sie die Gestalt zu sehen geglaubt hatte, blieb aber ehrerbietig ein paar Schritte entfernt stehen und sagte leise und sehr deutlich: »Kyria mu, ich danke dir für das Wasser! Es ist das beste Wasser in der Welt.«

Dann ging sie hin und brach zwei blassrote Anemonen, die sie vorhin nicht weit vom Pfad bemerkt hatte, und warf sie in das Becken. Der Quell murmelte und kicherte unter seinen Steinen und spielte mit den Blumen, bis sie in der Mitte des Beckens sacht und umeinander trieben. Er trug sie nicht weiter.

Damit also hatte es seine Richtigkeit. Zufrieden und leichten Herzens lief das Mädchen zu ihrem Freund zurück.

»Kallisto selber«, sagte der Delfin beeindruckt, als sie ihm berichtete, was ihr begegnet war. »Die Nymphe des Quells – sie ist sehr scheu. Aber sie hat dich doch grüßen wollen.«

Andrula nickte. Sie verstand, dass ihr große Ehre erwiesen worden war.

Der Heimweg schien ihr kurz. Zum Glück, denn abermals brannte die Sonne mit aller Macht, und Andrula war froh, als sie endlich daheim auf ihrem flachen Felsen stand.

»Kommst du morgen wieder mit nach Hyria?«, fragte der Delfin, als sie ihm dankte.

»Morgen …« Ihr fiel ein, dass morgen Sonntag war. »Nein, morgen lässt mich die Mutter nicht fort. Aber übermorgen früh, da wartest du hier auf mich, ja? Bitte!«

Er tauchte zwei-, dreimal nacheinander geschwind unter, gerade, als ob er nicken wollte.

»Ach, mein Delfinaki, wie lang wird mir die Zeit werden!«, rief Andrula. Und er nickte noch einmal auf seine Weise, als ob er sagen wollte: mir auch.

Meermädchen, eine Quellnymphe, ihr Delfin – Andrula hatte genug und übergenug, sich in Gedanken damit zu beschäftigen, den ganzen Sonntag lang. Immer wieder erlebte sie jeden Augenblick ihrer sonderbaren Reise aufs Neue, sah sie jedes Bild, hörte sie jedes Wort, roch und schmeckte sie Duft und Wasser der Insel und das Salz der Wellen. Gleichzeitig empfand sie drängende Ungeduld all das wiederzuhaben. Noch nie war ihr ein Sonntag so lang erschienen.

Es war ja immer der stillste Tag in dem kleinen Haus hinter den Dünen. Der Webstuhl klapperte nicht, es wurde keine Arbeit getan, außer dass man das Geschirr abwusch und wegräumte. Nachmittags mochte diese oder jene Bekannte einen Augenblick an der Mauer lehnen und ein paar Worte reden oder Evangelia wanderte mit ihrer Tochter über das Feld zu einem der Nachbarhöfe, wenn die ärgste Hitze vorüber war. Abends durfte Andrula auf eine Stunde ins Dorf und spielen. So war es immer gewesen, aber jetzt war es nicht mehr so.

Sie ging wie gewöhnlich mit der Mutter zur Kirche, brav und sauber in ihrem Sonntagskleid. Die Mutter hatte es selbst gewebt, mit einem Muster aus weißen Fäden über dem Saum und auf den kleinen Taschen. Als sie an der Kirche ankamen, erschien auch Stassa mit ihrer Mutter, in einem neuen Kleid aus glänzender Kunstseide, weiß, mit dicken roten Rosenknospen. Sie runzelte die Stirn, als sie ihre Gegnerin erblickte, und sah hochmütig an ihr vorbei.

Andrula lächelte. Mochte Stassa ein neues Kleid haben – und wenn tausend rote Rosen darauf prunkten! Was war das schon wert, an ihrem eigenen Abenteuer gemessen? Sie warf den Kopf in den Nacken, stolzer als Stassa. War sie nicht weit gereist – Stassa aber noch nie von Kalonysos weg gewesen?

Nach dem Gottesdienst ging Evangelia auf ihre Schwägerin zu.

»Sei gegrüßt, Stamatina«, sagte sie freundlich. »Diese beiden hier haben sich gestritten. Kommt jetzt, Mädchen – gebt euch die Hand.«

Andrula zögerte, aber die Mutter schob sie vorwärts. Da erklärte Stassa so laut, dass alle Vorübergehenden es hören mussten: »Dem Bettelkind brauche ich nicht die Hand zu geben.« (Das machte das neue Kunstseidene mit den roten Rosen.)

»Was redest du da?«, rief die Tante erschrocken und warf einen schuldbewussten Blick auf Evangelia. Aber die sagte nichts weiter als: »Komm, Andrula«, und ging mit ihrer Tochter, ohne noch mit irgendjemandem ein Wort zu wechseln, die Dorfstraße hinab nach Hause. Sie mussten zum Bäcker hinein, um ihr Sonntagessen abzuholen, das im Backofen gar geworden war; sobald sie aber die letzten Häuser hinter sich hatten, lief die Mutter immer schneller, als ob sie nicht abwarten könnte heimzukommen. Andrula hatte beinahe Mühe, mit ihr Schritt zu halten. Und dann schlug die Mutter das Hoftor zu, als wollte sie die ganze Welt ausschließen – das Hoftor, das doch tagsüber immer offen stand!

»Deck den Tisch, Andrula«, sagte sie kurz. Sie verschwand in der Kammer, um sich umzuziehen, denn ihr einziges gutes Kleid musste auch am Sonntag geschont werden.

Als die Mutter zurückkam, bemerkte Andrula, dass sie geweint hatte. Ihr Gesicht sah verhärmt aus und sie sprach kaum. Sie aß wenig von den gefüllten Tomaten und nach dem Essen legte sie sich nicht hin, wie sie es gewöhnlich zu tun pflegte, sondern sie setzte sich an den Webstuhl.

»Mama!«, rief Andrula bestürzt. »Am Sonntag …?«

»Wenn die im Ort am Sonntag ihre bösen Zungen regen dürfen, dann darf ich am Sonntag ehrliche Arbeit tun«, sagte Evangelia. Es klang, als presste ihr der Zorn die Kehle zu. »Lass mich, mein Kind«, fügte sie milder hinzu, »ich muss etwas tun, sonst erwürgt es mich. Aber leg du dich hin.«

Andrula schämte sich so sehr, dass ihr Gesicht brannte. Das Klappern des Webstuhls schien doppelt so laut in der Sonntagsstille ringsumher. Das musste man ja in der Chora hören! Wie konnte die Mutter nur so etwas tun? Nun würden die Leute sagen, sie seien so bettelarm, dass sie sogar am heiligen Sonntag arbeiten müssten. Ob sie an den Strand laufen sollte, damit doch wenigstens die Nachbarn sähen, es sei die Mutter, die den Sonntag nicht ehrte – sie selber habe nichts damit zu tun?

Aber dann machte sie ihr Herz zu Stein. Was brauchte es sie zu kümmern, wie die Menschen über sie und ihre Mutter sprachen! Und der Stassa würde sie nicht das kleinste Wort mehr gönnen, im Leben nicht.

»Leg dich schlafen, Andrula«, sagte die Mutter noch einmal.

Das Kind holte die Matte, breitete sie auf dem Boden aus und legte sich nieder. Grüblerisch sah sie dem Webeschiffchen nach, das mit seinem dunkelroten Fa-

den durch die weiße Kette schoss. Die Mutter arbeitete heute sehr schnell. Nach einer Weile fragte sie: »Schläfst du, mein kleiner Vogel?«, und ihre Stimme war nicht mehr zornig. Eher traurig und nachdenklich.
»Nein, Manula«, antwortete das Mädchen und stützte sich auf.
»Weißt du«, fuhr die Mutter fort, »der Stassa musst du das nicht übel nehmen – die schwatzt nur nach, was sie gehört hat. Und das ganze Dorf weiß, dass Tante Stamatina erst redet und nachher denkt.«
»Dann trage ich's der Tante Stamatina nach«, erklärte Andrula unversöhnlich.
»Sie hat mich nie leiden können«, sagte Evangelia bedrückt. »Ach, Andrula, mein Herz, was ist das für ein Leben? Was soll aus uns werden, aus dir und mir?«
Andrula war erstaunt. Werden? Was sollte weiter aus ihnen werden, als was sie jetzt waren: eine Mutter und eine Tochter? Und was für ein Leben es war? Ein wunderschönes Leben war es. Heute vielleicht etwas bitter, aber morgen …
Morgen ging es wieder zur Insel, morgen, morgen! Und gleich darauf war Andrula eingeschlafen.

Evangelia aber webte weiter und dachte nichts als Sorgen. Nun war nicht nur sie in der bitteren Einsamkeit, sondern auch ihr Kind. Die Leute in der Chora waren fast alle arm, die ganze Insel war arm. Trotzdem – sobald einer etwas mehr hatte als der andere, dünkte er

sich viel, viel besser. Gerade weil sie so wenig besaßen, galt bei ihnen nichts so sehr wie Geld und Gut.
Noch war Andrula klein. Aber in fünf, sechs Jahren – was dann? Die Decke, an der sie jetzt webte, war für die Aussteuer einer Vierzehnjährigen bestimmt. Alle Mütter des Dorfes beeilten sich, Bett- und Tischzeug anzuschaffen, sobald sie eine Tochter hatten. Denn eine Tochter musste man verheiraten, und zwar so gut wie irgend möglich, und dazu gehörte eine reiche Aussteuer. Und ein Stück Land, Ölbäume, eine kleine Herde.
Andrula hatte nichts, gar nichts. Weder bunte Decken noch Teppiche, noch Land oder Herde. Wer würde ein solches Mädchen zur Frau nehmen, arm, wie es war? Niemand.
Evangelia fand keinen Ausweg als diesen: ihre kleine Tochter möglichst bald auf ein einsames und hartes Leben vorzubereiten. Sie sollte lernen für sich selbst zu sorgen. Morgen würde sie ihr zeigen, wie man webt.

Als Evangelia noch am selben Abend Andrula ihren Entschluss mitteilte, stieß sie auf heftigen Widerspruch. Die Kleine wehrte sich mit allen Kräften: Nein, nein, nein – sie wollte nicht weben lernen, sie wollte nicht!

Einige Auflehnung hatte Evangelia erwartet, denn sie wusste, wie ungern ihre Tochter still saß. Aber dass sie sich so energisch weigern würde, das hatte die arme Mutter nicht geahnt.

»Einmal musst du es doch lernen«, sagte sie hilflos. »Was willst du sonst anfangen, wenn du groß bist? Wovon willst du leben?«

»Wenn ich groß bin, fahre ich zur See wie mein Vater«, erklärte Andrula.

»Mädchen fahren nicht zur See«, gab ihre Mutter kurz zurück.

»Mädchen wie ich fahren doch zur See!« Andrula stampfte mit dem Fuß, als ob sie ihren Entschluss in die Erde einrammen wollte, und fügte noch trotziger hinzu: »Überhaupt: Jetzt sind Ferien.«

»Die Ferien dauern viel zu lange«, seufzte die Mutter. Sie hatte zu weben aufgehört und ihr Kopftuch geholt. »Komm, wir wollen zur Kapelle gehen. Ich war gestern zu müde, die Lampen zu füllen. Nimm du die Ölflasche! Wo sind denn die Streichhölzer?«

Andrula fand die Streichhölzer und sie gingen langsam den staubigen Weg an den Feldern entlang. Die Mutter trug einen kleinen Strauß von duftenden Geranienblättern, mit einer winzigen, fast kugelrunden und tiefdunkelroten Georgine mitten darin. Sie legte die bescheidene Opfergabe vor das Bild der Gottesmutter und stand eine Weile still davor. Die Allerheiligste sah mit ihren großen, fast schwarzen Augen auf sie herab.
Andrula machte sich an den Lampen zu schaffen. Ihr war unbehaglich zumute, sie fühlte sich fast verlegen vor dem alten Bild. Sie hatte ihm nichts zu sagen und

sie wünschte, dass die Mutter nicht so lange beten möchte. Und sie wünschte, dass es ganz, ganz schnell dunkel würde, damit sie schlafen gehen könnte – und dass der neue Tag bald käme. Das war aber nichts, worum sie hier bitten mochte, doch wenn sie das Bild ansah, dann war ihr, als wüsste die Gitonissa genau, was sie im Sinn hatte.
Als sie wieder zu Hause ankamen, wartete die Frau des Schullehrers am Tor. Die Waschfrau Asimina sei plötzlich krank geworden; ob Evangelia morgen und übermorgen bei der großen Wäsche helfen könnte?

Natürlich konnte und wollte Evangelia das, jeder noch so kleine Verdienst war ihr willkommen. Andrula frohlockte: Da wurde morgen nichts aus der Webstunde – und am Dienstag schon gar nicht. Kein Mensch fing an einem Dienstag etwas Neues an – der Dienstag war der Unglückstag.
»Du bleibst daheim«, entschied die Mutter, »und wäschst mir die bunten Sachen. Die großen Stücke darf ich mitbringen.«

Sie ging am Montag in der ersten Morgenfrühe aus dem Tor, ihr eigenes Bündel Wäsche auf dem Kopf tragend, und Andrula nahm sich kaum die Zeit, ihr nachzuwinken. So schnell sie konnte, zog sie Eimer auf Eimer Wasser aus dem Brunnen herauf, um den großen Kupferkessel zu füllen. Er stand in der Hofecke auf ein paar Steinen und Andrula zündete ein Reisigfeuer unter ihm an.
Während das Wasser sich langsam erhitzte, lief sie um neues Holz; sie führte die Ziege hinaus und kettete sie unter den Büschen an. Sie stellte die flache, viereckige hölzerne Wanne bereit und holte die Seife. Es war grüne Seife, grob und scharf; die einzige Art, die Andrula kannte. Und dann rieb und rubbelte sie auf dem hölzernen Waschbrett, sie planschte und planschte, bis kein Fleck mehr zu sehen war. Nun spülen! Bald hing die Wäsche in der prallen Sonne und Andrula jagte auf dem kürzesten Wege zur kleinen Bucht. Schon wäh-

rend sie über die Felsen kletterte, entdeckte sie ihren Freund weit draußen im Wasser. Er kam gerade zum Luftholen an die Oberfläche und sah sie sofort.
Gleich darauf pfiff er ihr zu: »Bleib nur da! Du kannst ebenso gut von diesen Steinen aus aufsteigen!«
»Nein, nein«, rief Andrula zurück, »wenn mich einer sähe!«
Sie hielt nicht an, bis sie um die scharfe Felsnase herum war, die sie vor neugierigen Augen schützte. Erst dann streifte sie ihr Kleid ab, verbarg es gut und bestieg den Delfin. Heute behielt sie ihr Kopftuch auf, ein sehr leichtes und großes. Es musste auch die Schultern schützen.

Diese zweite Fahrt war ganz ohne Beschwerde. Schöner konnte nichts sein, als so durch die Wellen zu gleiten. Jawohl, dachte Andrula, wenn ich groß bin, fahre ich zur See. Sie sagte es auch dem Delfin, und diese Neuigkeit machte ihn so vergnügt, dass er am liebsten hoch über die nächste Welle gesprungen wäre. Aber er beherrschte sich rechtzeitig; seine kleine Freundin würde wohl nie wieder mit ihm übers Meer fahren wollen, wenn er ihr einen solchen Streich spielte. Er begnügte sich damit, leise und eifrig vor sich hin zu pfeifen.
Etwas Ähnliches ging Andrula tatsächlich durch den Sinn. »Delfinaki«, fragte sie, »was würde aus mir werden, wenn ich von deinem Rücken fiele?«
»Ich würde dich retten«, antwortete er augenblicklich.

»Wir taten das früher öfter, freilich nur, wenn es besondere Leute waren, die ins Wasser fielen. Oder geworfen wurden; wir retteten vor allem gern gute Menschen, die von bösen Menschen über Bord geworfen wurden. Wie den Arion.«
»Wer war denn das?«, fragte Andrula, begierig, wieder eine seiner schönen Geschichten zu hören.
»Das erzähle ich dir ein anderes Mal«, sagte der Delfin. »Bei voller Fahrt ist es so unbequem.«
Andrula war es zufrieden, sie näherten sich auch schon der Insel. Sie fing an, nach den Meermädchen Ausschau zu halten, aber kein einziges ließ sich blicken.
Der Delfin schwamm langsamer, bis sie zu einem sandigen Fleck zwischen zwei hohen Felswänden kamen. Er war nicht viel größer als eine Muschelschale, aber hier fiel der Boden sacht ins Meer und Andrula konnte mit Leichtigkeit absteigen und an Land waten. Außer ein paar Möwen war kein lebendes Wesen zu sehen.
Andrula setzte sich auf den feinen weißen Sand und band einen kleinen Beutel los, den sie um den Hals getragen hatte. Sie löste die Schnur, die ihn verschloss, und die schönste und größte ihrer Trauben kam zum Vorschein.
»Oh«, rief der Delfin überrascht und erfreut, »du hast sie also doch nicht vergessen!«
»Hast du das gedacht?«, erwiderte Andrula vorwurfsvoll. Sie warf die erste dicke grüngoldene Beere: »Da – die gilt für die Fahrkarte.«

»Was ist eine Fahrkarte?«, erkundigte sich der Delfin.
»Man braucht sie, wenn man auf dem großen Schiff nach Athen fahren will«, erklärte Andrula – stolz, ihn belehren zu können.
»Und wenn man sie nicht hat?«, fragte er, immer noch nicht viel klüger.
»Dann nimmt das Schiff einen nicht mit«, sagte das Mädchen. »Ja, ohne Karte lässt einen der Matrose nicht einmal an Bord!«
»Welcher Matrose?«, fragte der Delfin.
»Der an der Schiffstreppe steht und die Karten abfordert«, gab Andrula geduldig Bescheid.
Sie pflückte dabei eine Beere nach der anderen ab und warf sie ihm zu. Ohne die Meermädchen war es viel friedlicher und sie konnten ein vernünftiges Gespräch führen.
Der Delfin hatte endlich verstanden. »Aha«, meinte er, sehr mit sich zufrieden, »diese Fahrkarte ist der Lohn, den der Schiffsmann von dir verlangt, weil er dich übers Meer fährt.«
»Richtig«, sagte Andrula.
»Und ist die Karte aus Gold oder Silber?«
»Ach nein, sie ist nur ein Stück Papier«, erklärte Andrula. »Aber man muss Geld für sie bezahlen.«
»Und was ist das – Geld?«
»Das weißt du nicht? Man hat es und dann ist man reich und trägt Kleider aus blankem Zeug vom Krämer und einen echt vergoldeten Ring mit einem rosa

Stein. Oder man hat es nicht. Dann ist man arm. Wie meine Mutter und ich.«

»Jetzt verstehe ich«, meinte der Delfin. »Es hat sich also nicht viel in der Welt geändert, wenn auch ein paar tausend Jahre vergangen sind, seit der Gott über das Meer fuhr. Aber Andrula«, fuhr er fort, »du weißt doch, dass es der Traube nicht bedarf? Dass ich dein Schiffsmann bin, weil wir Freunde sind?«

»O ja, mein Delfinaki«, rief Andrula. »So gut, wie du weißt, dass ich die Traube mitbringe, um dir eine Freude zu machen!«

»Dann ist ja alles klar«, sagte der Delfin zufrieden. »Dann geh nur jetzt und entdecke die Insel weiter. Ich schwimme derweil ein bisschen fischen – ich habe heute noch kein Frühstück gehabt.«

Fern auf dem Meer stand ein braunes Segel und er empfahl dem Mädchen, nicht auf der hohen Klippe entlangzulaufen, damit sie nicht zu sehen sei. »Geh gleich landein«, riet er, »das ist ein kleiner Umweg, aber es schadet nichts. Verirren kannst du dich nicht, denn auf Hyria führen alle Pfade zu Kallistos Quell.«

Andrula nickte und er schwamm fort.

Diesmal kam Andrula nicht mit leeren Händen zur Quelle. Unterwegs hatte sie Blumen gesammelt und sie zu einem losen Kranz geflochten, den legte sie in das untere Becken und grüßte höflich, ehe sie trank.

Aber als sie sich niederbeugte, stutzte sie. Vor ihr, in der feuchten Erde, waren scharf und deutlich mehrere Hufspuren zu erkennen. Andrula setzte sich zurück auf ihre Fersen und studierte die Eindrücke: Hufspuren, kleiner als die der Katsika. Aber genauso scharf gekerbt, also die eines Böckchens oder eines Lammes. Was hatte der Fischer Sotiris gesagt? Es lebe weder Mensch noch Tier auf dieser öden Insel? Nun, er hatte schon einmal unrecht gehabt, als er behauptete, die Insel sei dürr und trocken. Und zum andern Mal, als er sagte, sie wolle keine Menschen auf ihrem Boden dulden. Wirklich, dieser Sotiris! Überhaupt, die Fischer mit ihren Märchen. Es war kein Verlass auf sie. Jetzt würde sie selber nachschauen und wenn möglich herausfinden, was es mit den Hufspuren für eine Bewandtnis hatte.

Sie trank von dem süßen, lebendigen Wasser und stieg dann den Hang empor, dem die Quelle entsprang. Oben ging sie leichtfüßig landeinwärts um ihn herum. Das Gras war weich unter ihren Sohlen und sie ach-

tete darauf, dass sie nicht etwa lose Steine ins Rollen brachte.
Diese Vorsicht lohnte sich, denn bald vernahm sie ganz in der Nähe fröhlichen Lärm wie von Schuljungen, die sich balgen. Sie war nicht weit von der Spitze des kleinen Hügels entfernt und gerade vor ihr brachen große Felskuppen aus dem Boden. Die würden sie verdecken. Lautlos schlich sie weiter und duckte sich, legte sich flach nieder und spähte vorsichtig aus ihrem Versteck.

Unter ihr lag ein kleines Tal und aus ihm stieg der Lärm empor, den sie gehört hatte. Vier Jungen tummelten sich da unten, zwei gegen zwei, in lebhaftem Kampf. Einer ritt dabei auf den Schultern des anderen und suchte seinen Gegner vom Sitz zu reißen. Es ging heiß her.
Dieses Spiel kannte Andrula. Daheim vergnügten sich die großen Jungen damit, aber meist im Wasser. Da fiel man nicht so hart. Diese vier aber hier auf Hyria …
Andrulas Augen wurden wieder einmal sehr groß. Solche Jungen hatte sie noch nie gesehen! Jetzt wusste sie auch, wovon jene Hufspuren bei der Quelle stammten. Denn das da unten waren zwar richtige derbe braune Jungen, von dem krausen Haar bis zu den Hüften – doch von den Hüften abwärts hatten sie zottiges Fell und zierliche Bocksbeine.
Sie vergaß zu atmen und starrte gebannt die seltsamen Geschöpfe an. Erst als das Spiel mit beiderseitigem

Herunterpurzeln und lautem Jubel endete, wurde sie wieder lebendig. Eilig schlüpfte sie fort und kam völlig außer Atem bei den Klippen an. Sie dachte an keine braunen Segel mehr und winkte schon von oben dem Delfin. Er schwamm auch sofort herbei und erkundigte sich besorgt, ob ihr etwas geschehen sei.

»Jungen«, keuchte Andrula und fächelte sich mit ihrem Kopftuch Kühlung zu, »vier Jungen – mit Bocksbeinen!«

»Und deswegen bist du so gelaufen?«, gluckste der Delfin. »Hast du denn Angst vor ihnen gehabt? Sie sind doch kaum so groß wie du.«

»Angst nicht gerade«, antwortete Andrula immer noch atemlos, »Angst nicht – aber – aber …«

»Die Bocksbeine«, meinte er verständnisvoll. »Ein bisschen ungewöhnlich, das gebe ich zu. Aber ich hätte doch gedacht, das Ungewöhnliche – auf Hyria – sei dir nichts Neues mehr. Ein Quell, der sich plötzlich in ein Mädchen verwandelt … Ein halbes Dutzend Meerjungfrauen …«

»Die Nereiden sehen aus wie ich«, wandte Andrula ein.

»Das ist nur oberflächlich«, sagte der Delfin. »Du würdest dich wundern, wenn du sie näher kennenlerntest. Das wollte ich dir überhaupt noch sagen: Lass dich nicht mit diesen Wellenmädchen ein, hörst du? Lass dich nie von ihnen verlocken, ihre Grotten auf dem Meeresgrund zu besuchen! Sie wissen sehr gut, dass die

Menschen ertrinken müssen, die da hinuntertauchen. Aber das kümmert sie nicht oder sie vergessen es immer wieder. Den Panskindern dort im kleinen Tal darfst du vertrauen, wie allen Wesen, die dir auf der Insel begegnen.«
»Ja, wenn du es sagst«, meinte das Kind gehorsam. »Aber jetzt möchte ich lieber heim und mit dem Vertrauen erst morgen anfangen ...«

Doch selbst das war leichter gesagt als getan. Andrula lag anderntags wohl eine halbe Stunde hinter ihrer Felskuppe verborgen und immer noch hatte sie nicht Mut genug, zu den vier Panskindern hinabzusteigen und ihre Bekanntschaft zu machen.
Diese halbe Stunde war aber durchaus nicht langweilig. Die kleinen Bocksfüßler da unten waren so lustig, so in ihre Spiele vertieft – es war außerordentlich unterhaltend, ihnen zuzusehen. Wenn sie nicht gegeneinander anrannten, dann schlugen sie Purzelbäume oder suchten sich zu fangen. Immer wieder stürzten sie jauchzend in einem Knäuel von zappelnden Armen und Beinen übereinander. Andrula musste sich den Kopftuchzipfel in den Mund stopfen, damit sie nicht laut herauslachte.
Plötzlich schien ihnen etwas Neues einzufallen. Einer blieb am Boden hocken, die anderen stellten sich ihm gegenüber auf. Andrula war gespannt und sie wagte es, den Kopf ein bisschen weiter vorzustrecken.

Mit Staunen sah sie, dass die drei Jungen einander die Arme über die Schultern legten – gerade so, wie man es tat, wenn man einen Tanz begann. Und nun klatschte der vierte laut mit beiden Händen den Takt und sie fingen an zu singen …
Nein, so etwas!, dachte Andrula, alles ganz genau wie daheim in der Chora!
Interessiert und sehr kritisch schaute sie zu. Sie vergaß sogar völlig, dass sie noch verborgen bleiben wollte. Wenn ihr auch das Lied fremd war und die Worte nicht klar bis zu ihr heraufkamen – sie erkannte doch, welchen Tanz die da unten begonnen hatten. Es war ein Syrtos oder es sollte einer sein. Die Schulkinder daheim konnten es allerdings besser! Viel, viel besser, urteilte Andrula, die sich das erlauben durfte. War sie nicht die beste Tänzerin in ihrer Altersstufe? Musste sie nicht jedes Mal anführen, wenn die junge Lehrerin ihnen statt der Turn- eine Tanzstunde gab? Das war etwas, worin sie Stassa entschieden überlegen war. Stassa konnte wohl singen, höher und schriller als alle anderen Mädchen, aber wenn es ans Tanzen ging, da fehlte ihr etwas. Der Schwung fehlte, der Takt, die Leichtigkeit. Andrula dagegen flog nur so und sie tanzte eher wie ein Junge, mit immer neuen Einfällen.
Darum war sie auch mit ganzer Seele dabei, als die Panskinder einen neuen Tanz begannen. Aber was sollte das eigentlich sein? So ein miserables Gehopse! Immer ärgerlicher schüttelte Andrula ihren schwarzen

Schopf. Schließlich hielt sie es nicht länger aus. Sie sprang auf.

»E!«, rief sie hell. »Ihr macht das ja ganz falsch, ihr kleinen Ziegenböcke da unten!«

Und damit lief sie auch schon den sanften Hang hinab.

Die vier Tänzer standen einen Augenblick lang wie versteinert. Dann drängten sie sich eng aneinander und schauten ihr entgegen – furchtlos anscheinend, aber sehr neugierig.
Das brachte Andrula unsanft wieder zu sich und bewirkte, dass sie immer langsamer einen Fuß vor den anderen setzte. Schließlich stand sie am Rande der Tanzfläche still, mit einem Male wieder scheu geworden.
Die Gruppe ihr gegenüber setzte sich geschlossen in Bewegung und kam auf sie zu. Dicht vor ihr hielt sie an.
»Wir sind keine kleinen Ziegenböcke«, sagte der größte der vier Jungen, »und wenn du besser tanzen kannst als wir, dann zeig uns das. Wer bist du überhaupt?«
»Ich bin Andrula«, antwortete das Mädchen. »Der Delfin hat mich hierhergebracht. Er kennt euch, glaube ich.«
»Ach so, der Delfin. Ja, dann sei uns willkommen. Ich heiße Melas, mein Bruder hier heißt Balios und der Kleine da Battos, weil er eine schwere Zunge hat. Und dieser, der sich das Lachen schon wieder nicht verbeißen kann, heißt Gelanor.«
»Dann nennt man dich sicher Melas wegen deines schwarzen Felles«, bemerkte Andrula höflich.

»Erraten«, sagte Melas und strich selbstgefällig an seinen schwarz glänzenden Flanken entlang.
Ein paar Minuten standen sie und sahen einander neugierig an.
Drei der braunen Gesichter waren schmal, nur das des kleinen Battos war noch rundlich. Die Augen glichen sich alle: eine Spur schräg gestellt, die Farbe wie klarer, dunkler Honig und sehr groß. Mit Erstaunen sah Andrula, dass winzige Hörner durch das krause Haar guckten, sonst aber, abgesehen von den Bocksbeinen, waren die vier genau wie andere Jungen ihres Alters, sehnig und kräftig, braun wie Haselnüsse und voller Übermut.
Und die Panskinder sahen ein Mädchen vor sich, das ihre Schwester sein konnte – ebenso braun und hager, mit Haaren so schwarz wie die von Melas, nur dass sie sich nicht ringelten; mit einer kühnen Nase und einem festen Kinn. Die Augen freilich waren anders: dunkler, eher wie Kastanien, ein schönes, reines Braun. Jetzt lächelten sie und Andrulas weiße Zähne blitzten.
Da verzogen sich auch die vier Gesichter ihr gegenüber zu vergnügtem Lachen und die Jungen begannen einander zu stoßen und vorwärts zu schieben. Der kleinste, Battos, sah Andrula immerzu von unten herauf an und die Grübchen neben seinen Mundwinkeln waren so tief, dass sie ihre Fingerspitzen hätte hineinlegen können. Ihm schien dieser neue Ankömmling zu gefallen, der ein so merkwürdig dünnes, glattes Fell

hatte ... Von den Schultern bis fast zu den Knien ein dünnes, glattes rosa Fell! Nein, es waren ja keine Haare darauf – also eine Haut. Aber so lose? Und an den Armen und Beinen hatte dieses Wesen eine vernünftige, feste braune Haut wie er selber. Merkwürdig ...

Langsam schoben und drängten sie, bis der kleine Battos nur die Hand auszustrecken brauchte, um die sonderbare Haut zu berühren. Er holte tief Atem und griff nach Andrulas Unterrock, den sie statt ihres Kittels anbehalten hatte, denn er war aus dünnem Kattun und

trocknete schnell. Vorsichtig hielt er eine Falte zwischen Daumen und Zeigefinger und sah das Mädchen fragend an.
»Battos möchte wissen, was für eine sonderbare Haut das ist«, erklärte Melas, der selbst genauso neugierig war.
»Das ist doch keine Haut«, sagte Andrula. »Das ist mein Unterrock.«
»Wächst er auf dir, wie unser Fell auf uns?«, fragte Balios.
»Natürlich nicht«, antwortete Andrula lachend.
Gelanor wurde sofort davon angesteckt. »Natürlich nicht!«, wiederholte er zwei-, dreimal, als sei das ein köstlicher Spaß, und bog sich vor Lachen.
Andrula dachte, nun habe man einander lange genug angestarrt, und kam kurzerhand wieder auf das Tanzen zurück, denn das lag ihr sehr am Herzen.
»Also«, begann sie, »dieser Tsamikos, den ihr vorhin getanzt habt ...«
»Dieser was?«, fragten Melas, Balios und Gelanor zugleich, während Battos vor Aufregung dunkel anlief, aber kein Wort hervorbrachte – nicht rechtzeitig, heißt das.
»Der Tsamikos«, wiederholte Andrula. »Der zweite Tanz; ihr wart gerade dabei, als ich kam.«
»So heißt der?«, staunte Melas.
»Ja, bei uns heißt er so«, erklärte Andrula verwundert. »Wie nennt ihr ihn denn?«

»Gar nicht«, antwortete Melas, was Gelanor wieder unendlich lächerlich vorkam.
»Ihr nennt ihn nicht und ihr könnt ihn nicht«, sagte Andrula trocken.
»Wie hast du gesagt – Samtikos?«, erkundigte Balios sich vorsichtig.
»Ja – beinahe.« Andrula nickte ernsthaft. »Wenn ihr nun eure Hufe – Verzeihung: Füße wollte ich sagen –, nein, es sind aber doch Hufe! Also ...« Aber sie hatte sich ganz und gar verheddert und wusste ihren Satz nicht zu einem guten Ende zu bringen.
»Sag ruhig Hufe«, meinte Balios hilfsbereit. Der Schelm blitzte ihm aus den Augen, als er hinzufügte: »Du kannst ja ›zierliche Hufe‹ sagen oder ›niedliche Hufe‹ – wenn einfach ›Hufe‹ dir nicht fein genug scheint.«
Fröhlich ging Andrula darauf ein: »Schön, wenn ihr eure wirklich niedlichen Hufe so richtig setzen wolltet wie Balios die Buchstaben, dann würden wir beinahe einen Tsamikos haben.«
»Meinst du wirklich?«, rief Melas eifrig.
Battos wollte auch etwas sagen, aber es dauerte eine Weile, bis er es zustande brachte. Erwartungsvoll schaute Andrula ihn an und darum brauchte er noch länger.
»Gut – gut – gut«, stieß er endlich hervor und zeigte mit dem Finger auf Andrula.
»Das wissen wir noch nicht, ob sie gut ist«, wandte Balios ein. »Wir kennen sie ja kaum.«

Battos war nun aber in Gang gekommen und da gab es kein Aufhalten mehr. »Nein-n-nein«, sagte er und schüttelte den krausen Kopf. »Gut – gut reden. F-f-füße!«

»Aha«, rief Melas, »ich weiß, was er sagen will. Er meint, Andrula hat gut reden, denn sie hat Füße, und damit kann man besser tanzen als mit Hufen.«

Battos nickte zufrieden, dass er verstanden war. Die anderen drei nickten auch, denn Battos hatte ihre eigene Meinung ausgedrückt. Aber Andrula wollte davon nichts hören.

»Unsinn«, rief sie, »Hufe oder Füße – das ist doch gehüpft wie gesprungen! Am Takt liegt es und dass man die Schritte richtig kann, und natürlich am Vortänzer. Wartet, ich zeige es euch …« Damit lief sie den Hügel hinauf, wo sie ihr Kopftuch liegen lassen hatte. Gleich kam sie wieder zurück und hielt Melas einen Zipfel hin.

»Noch so eine Haut«, sagte der verblüfft. »Was soll ich damit?«

»Das ist ein Tuch und keine Haut«, belehrte Andrula ihn. »Nun nimm schon, und ihr anderen, stellt euch auf.«

»Wozu denn dieses Tuch?«, beharrte Melas.

»Weil ich mich damit besser drehen und wenden kann«, erklärte Andrula und nun griff er zu. Sie wand sich blitzschnell unter seinem erhobenen Arm hindurch, ging in die Hocke, war im nächsten Augenblick wieder aufgesprungen und drehte sich anmutig noch einmal. »Siehst du?«, fragte sie.

Ja, nun sah Melas, was sie meinte, und auch die anderen nickten.

»Also«, rief Andrula, »fangen wir an! Mit einem Syrtos, der ist am leichtesten.« Sie stimmte ihre Lieblingsweise an, das Lied von dem Schiff aus Chios, das nach Samos fuhr, seine zwei Boote hinter sich ... »So, jetzt los: eins – zwei – drei –«

Da tanzten sie hin, im Halbkreis über die grüne Fläche.

Bei der zweiten Strophe summten sie schon mit, bei der dritten konnten sie die Melodie und sangen kräftig, wenn auch nur tra-la-la, tra-la-la, und nach der vierten sagten alle: »Noch einmal!« Sogar Battos – nur sagte er es nicht, sondern sang es einfach, und damit war er gerade so schnell fertig wie seine Brüder.

Aber Andrula brachte ihnen erst die Worte des Liedes bei und danach ging es noch einmal so gut. »Wirklich, das war viel besser«, lobte sie und ihre Schüler strahlten. »Aber, Battos«, fuhr sie fort, »du als der Letzte solltest deine freie Hand hübsch auf den Rücken legen, wenn du nicht gerade mit den Fingern klick, klick machst.«

Battos legte brav seine kleine braune Tatze auf den Rücken und schaute sie erwartungsvoll an. Aber er musste die Hand sofort wieder wegnehmen und Andrula reichen, die sich auf den letzten Platz stellte, denn nun war die Reihe an Melas, Vortänzer zu sein. Gelanor drängte sich vor: »Nein, ich, Melas, ich!« Sein Bruder war es zufrieden und überließ ihm den Platz und den Tuchzipfel. Sie stimmten das Lied von Neuem an und Gelanor sprang los wie ein kleiner Bock, der er ja auch zur Hälfte war.

»E – e – e!«, riefen bald vier unwillige Stimmen. »Was machst du denn, Gelanor?«

Er achtete nicht darauf, er wirbelte herum, er versuchte beide Füße zu gleicher Zeit nach vorn zu werfen – und schon lag er längelang im Gras. Melas wurde mitgerissen und auch Balios und Battos hielten sich nur mit Mühe aufrecht. Andrula verschränkte die Arme über der Brust und schüttelte vorwurfsvoll den Kopf.

»Da siehst du es: unsere Hufe«, sagte Gelanor und sprang auf.

»Ich sehe einen, der laufen will, ehe er das Gehen gelernt hat«, bemerkte Andrula streng.

»Nein, nein«, versicherte Gelanor, »das machen die Hufe! Du weißt nicht, wie schwer das Tanzen ist, wenn man nur zwei Beine hat.«

»Ich habe auch nur zwei Beine, ich weiß genau, wie es ist!«, widersprach Andrula.

»Ja, aber bei dir sind unten richtige Füße mit Zehen daran«, rief Balios. »Du hast gut reden!« Und Battos nickte und strahlte, denn er hatte es zuerst gesagt.

»Du musst uns glauben«, beteuerte Melas in seiner

ruhigen Art, »es ist gar nicht so einfach, zweierlei zu sein …«
»Ja, man landet meist auf dem Erdboden dabei, mit einem gehörigen Bums!«, rief Balios lachend dazwischen.

»... unten Böckchen, die müssen springen, und oben Jungen, die wollen tanzen und singen«, fuhr Melas fort. »Man kommt manchmal durcheinander und weiß nicht, was man gerade ist.«

Andrula sah es ein. »Na, jetzt bin ich ja da und kann's euch sagen«, meinte sie. »Wir versuchen es noch einmal. Melas, du führst.«

Melas nahm das Tuch. Diesmal konnte Battos seine freie Hand gehorsam auf den Rücken legen, denn Andrula tanzte nicht mit. Sie stand vor den Jungen, sang das Lied und klatschte mit den Händen den Takt dazu. Melas machte seine Sache ausgezeichnet.

»Bravo, bravo!«, lobte das Mädchen und er verneigte sich, die Hand auf die Brust gelegt. Gerade in dem Augenblick stieß Gelanor die Hufe unter ihm weg und der erste richtige Syrtos endete in einer lebhaften Rauferei.

Genau wie die Jungen in der Chora – und da fiel Andrula ein, dass es sicher höchste Zeit zur Heimfahrt war. Sie klatschte wieder in die Hände und die vier rafften sich auf.

»Hört zu!«, rief sie laut, und als sie gehorchten: »Ich muss jetzt heim ...«

»Heim?? Wohin denn?«, fragten sie bestürzt. »Bleibst du denn nicht für immer bei uns?«

»Nein«, sagte Andrula, »ich muss wieder zu meiner eigenen Insel zurück.« Und als sie es sagte, befiel sie eine große Trauer, dass es so war. Dass sie jedes Mal

von der glücklichen Insel fortmusste – zurück zu den dürren Feldern, den versiegten Quellen, der nackten Armut von Kalonysos. Und zu dem Leben, das immer Alltag war.
Aber sogleich wurde ihr klar, dass Trauer auf diesem Boden, dem Boden Hyrias, nicht bestehen konnte. Lachend rief sie: »Aber ich komme wieder! Lebt wohl …«, und lief davon, ihr Tuch schwenkend.
Die Panskinder sprangen hinterdrein, rufend und winkend: »Bleib doch bei uns, Andrula! Komm morgen wieder! Vergiss es nicht!«
Als das Mädchen schon längst auf dem Delfin durch die Wellen glitt, standen sie noch oben auf der Klippe und winkten: »Gute Fahrt, gute Fahrt!«

So fand Andrula sich auf einmal wieder an dem Platz, von dem Stassa sie verdrängt hatte, und sie nahm ihn ein, als sei er ihr natürliches und unbestrittenes Recht.

Es machte ihr ungeheures Vergnügen, die vier Panskinder zu regieren, und den Jungen machte es genauso viel Spaß, sich von ihr regieren zu lassen. Zu jedem Spiel, das Andrula vorschlug, waren sie bereit, und es wäre ihnen niemals eingefallen, zu widersprechen oder zu sagen: »Nein, heute wollen wir nicht dieses spielen, sondern das« – das hätte ihre Neugierde gar nicht erlaubt.

Aber als Andrula anfing, nach den ersten, leichten Tänzen ihnen schwierigere beizubringen, da merkte sie, dass man auch auf Hyria Geduld nötig hatte. Manchmal fragte sie sich, woher sie so viel langmütige Gelassenheit nahm.

Das hüpfte, das sprang, das war mit wahrer Liebe bei der Sache – aber dennoch: Das verwechselte links mit rechts, vorn mit hinten und fiel am Ende immer wieder über seine eigenen ungeschickten Beine. Besonders Gelanor.

»Ich will euch etwas sagen«, seufzte sie oft, »ihr habt nicht allein nur zwei Beine – ihr habt zwei linke Beine!«

Das kam ihnen so komisch vor, dass danach aus der Tanzstunde überhaupt nichts wurde: Sie ging in Jubel und Gepurzel unter. Darum fing Andrula es anders an: Sie bestand darauf, dass ihre bocksbeinigen Schüler zuerst die Tanzlieder singen lernten, und zwar Strophe auf Strophe. Wort für Wort. Sie hatte großen Erfolg damit, denn selbst Battos, dessen Zunge beim Sprechen so unbeholfen war, sang hell und rein. Und weil ihnen das Leben, das diese Lieder spiegelten, so gänzlich fremd war, musste Andrula immer wieder erklären und berichten. Aus der Gesangstunde wurde eine Erzählstunde, fast jedes Mal.

»Heute wollen wir einen neuen Tanz lernen«, begann sie zum Beispiel. »Er heißt ›Die Gerakina‹.«
»Was ist eine Gerakina?«, wollte sogleich einer der Brüder wissen, meist Melas oder Balios.
»Ein Mädchen wie ich, nur größer«, erklärte Andrula. »Sie ging zum Brunnen, um Wasser zu schöpfen, und sie fiel hinein.«
Nun wussten sie nicht, was ein Brunnen war, denn auf Hyria gab es nur Kallistos Quelle, und wer da hineinfiel, stieß mit der Nase an das andere Ufer – weiter nichts. Also musste ein Brunnen beschrieben werden. Erst dann konnte Andrula das Lied singen. Es war ein sehr schönes Lied und die vier hörten mit blanken Augen und spitzen Ohren zu.

»Es ging die Gerakina
aus, um Wasser,
frisches, zu holen –
drun drun, drun drun drun –
und ihre Armreifen klirrten!«

Das gefiel den Jungen. »Drun drun, drun drun drun«, summten sie fröhlich, die ganze zweite Strophe hindurch. Diese handelte davon, dass Gerakina in den Brunnen stürzte und mit lauter Stimme um Hilfe schrie. Das verstanden die Brüder ohne Erklärung, aber sie nahmen es ganz anders auf, als Andrula erwartet hatte. Sie lachten unbändig über diesen bedauerlichen Unfall.
»Das ist nicht zum Lachen!«, wies Andrula sie zurecht. »Fallt ihr mal in einen Brunnen und seht, ob euch da unten zum Lachen ist!«
»Wir alle vier?«, fragte Balios.
»Einer würde genügen«, meinte Andrula. »Aber ich kenne euch jetzt. Einer säße da unten in dem kalten, nassen Brunnen und riefe um Hilfe und die anderen drei überschlügen sich derweil hier oben im Gras vor lauter Vergnügen.«
»Es gibt keinen Brunnen auf der Insel«, stellte Balios fest. Es klang beinahe, als bedauerte er das.
»Ein Glück«, sagte Andrula trocken. »Ihr würdet es sonst ausprobieren – dazu wäret ihr fähig.«
Die vier Wildfänge vor ihr zogen die Münder breit, sagten aber nichts.

»Also weiter: Der junge Mann, der dieses Lied singt, läuft zum Brunnen – das ganze Dorf läuft hin – und schon von Weitem ruft er:

›Gerakina,
ich zieh dich heraus!
Und zur Frau werd ich dich nehmen …‹«

»Warum?«, wollte Balios wissen.
»Warum? Weil er sie lieb hat, natürlich«, erklärte Andrula etwas ungeduldig.
»Lieb hat – was ist das?«
»Das ist … das ist … Ach, das versteht ihr doch nicht. Es kommt auch nicht darauf an. Jedenfalls lässt er ein goldenes Seil hinab und fängt sie glücklich am Gürtel und zieht sie nach oben …«
»Und ihre Armreifen klirrten!«, fiel triumphierend die ganze Gesellschaft ein.
»Ja, und nun wollen wir den Tanz versuchen. Zwölf Schritte diesmal: sechs hin – so, eins, zwei, drei, vier, fünf, sechs – und sechs wieder zurück. Es ist ganz einfach. Gelanor, den rechten Fuß vorn über den linken kreuzen – vorn! Gelanor, wenn ich ›vorn‹ sage, meine ich nicht ›hinten‹. Wie oft habe ich dir das schon gesagt!«
Aber das würde er wohl nie lernen.

Hin und wieder kam es auch vor, dass Andrula lieber bei ihrem Delfin blieb, als dass sie kleinen, ungeschickten Panskindern das Tanzen beibrachte.
»Lauft weg, meine Böcklein, lauft weg! Heute nicht«, brauchte sie dann nur zu rufen, wenn die Jungen auf sie zugestürmt kamen. Sie nahmen es nicht übel, jeder konnte auf Hyria tun und lassen, was er wollte.
Dann saß Andrula bei ihrem ersten und liebsten Freund und ließ sich von ihm erzählen. Sie hockte auf dem sonnenheißen Felsen und der große Fisch schwamm bedächtig auf und ab, so nahe bei ihr wie nur möglich, und berichtete von den wunderbaren Gärten, die tief unter dem Wasser liegen – »Andrula, Andrulitsa, könntest du doch mit mir hinunter und sie selbst sehen!« –, von bunten Quellen und seltsamen Fischen und Schwärmen von Seepferdchen.
Während er erzählte, konnte es geschehen, dass weit draußen das Sonnenlicht über den Wellen aufschimmerte, näher kam, zu Gesichtern wurde – die Meerestöchter waren da. Eine, zwei oder viele, und es wurde laut und lebendig um Andrula und den Delfin. Die Luft war voll von ihrem gläsernen Gelächter.
Dann liefen die Pansjungen fort, ohne dass es ihnen geheißen wurde, denn mit diesen Wellenmädchen wussten sie nichts anzufangen. Sie fanden sie langweilig und bei ihren kühlen silbernen Stimmen, sagten sie, würde ihnen kalt.
Andrula aber konnte lange auf ihrem Stein sitzen und

den Spielen der Nereiden zuschauen. Wie geschmeidig sie waren! Und nicht nur die Stimmen – alles war silbern an ihnen. Jede Falte ihrer kurzen, leichten Gewänder war wie aus silbernem Flor.
Immer wieder versuchten sie Andrula zu sich ins Wasser zu locken. Aber der große Fisch bewachte das Mädchen. Dann schmähten sie ihn lachend und nannten ihn Sauertopf und Spielverderber.
»Die Kleine verbrennt und verbrutzelt ja da oben in der abscheulichen Sonne«, schalten die Heuchlerinnen, als ob sie nur um Andrulas Wohl besorgt wären. Aber der Delfin wandte sich mit einem blitzschnellen Schlag seiner Schwanzflossen und jagte sie auseinander, indem er mit seinem mächtigen Kopf mitten in das leichtfertige Gesindel hineinfuhr. Höhnend zogen sie dann davon und es schien Andrula höchst verwunderlich, wie sie jedes Mal mit süßen Worten und schwesterlichem Lächeln wiederkamen. Gab es für sie das Wort »Nein« denn nicht?

Waren es die Erzählungen ihres Freundes oder kam es von der unermüdlichen Lockung der Meermädchen – Andrula spürte immer heftiger den Wunsch, auch im Wasser spielen und tanzen zu können wie diese Wesen. Oder doch wenigstens mit Leichtigkeit und Sicherheit sich hier in dieser Bucht zu tummeln …
»Delfinaki«, sagte sie eines Tages, als sie allein waren, und schickte einen tiefen Seufzer hinterdrein.

Sofort kam er näher. »Was hast du, Andrula? Fehlt dir etwas?«
»Ach, Delfinaki, wenn ich doch schwimmen könnte wie du!«
»Gleich wie ich?«, gluckste er belustigt. »Du bist ja mächtig ehrgeizig. Aber wie ein Mensch zu schwimmen, das könntest du leicht lernen.«
»Meinst du das wirklich?«, rief Andrula atemlos.
»Sicherlich – und besser als die meisten«, behauptete er, ohne zu zögern. »Nur müssen wir darauf achten, dass keine Nereiden in der Nähe sind, wenn wir es versuchen. Und – Andrula: Du musst mir noch einmal fest versprechen, dass du nie mit ihnen in ihre Grotten hinuntertauchen wirst. Auch dann nicht, wenn du schwimmen kannst.«
»Bestimmt, ich verspreche es dir. Mein Vater ist im Meer geblieben; ich weiß, dass es gefährlich ist.«
»So? Dein Vater ist im Meer umgekommen – war er denn ein Seemann?«
»Ein Schwammfischer. Er ist mit einem Boot ausgefahren und nicht zurückgekehrt. Es ist lange her, ich habe ihn nicht gekannt.«
»Macht es dich traurig, davon zu reden?«
»Nicht hier. Hier auf der Insel kann man nicht traurig sein. Aber meine Mutter ist oft traurig.«
Einen Augenblick rührte das Leid der Mutter an ihr kleines, unbedachtes Herz wie ein Finger, der leise anklopft. Aber sie tat die Tür nicht auf.

»Wollen wir jetzt gleich anfangen?«, rief sie mit unternehmungslustig blitzenden Augen.
»Warte noch etwas«, warnte der Delfin. Er schwamm ein paar Kreise und kam beruhigt wieder zurück. »Keine Spur von ihnen«, meldete er zufrieden.
Andrula hatte ihr Unterröckchen abgestreift und war bereit. Sie bestieg seinen Rücken, wie sie es immer tat, aber diesmal riet er ihr nicht, recht fest zu sitzen. Im Gegenteil: »Ich bringe dich jetzt dahin, wo es ziemlich tief ist«, sagte er, »aber du brauchst dich nicht zu fürchten. Wenn ich dir's sage, füllst du dich ganz voll Luft und lässt dich ins Wasser gleiten. Du wirst sehen, es trägt dich, solange Luft in deiner Lunge ist. Zum Atmen kommst du jedes Mal hoch, wie ich. Denk gar nicht mehr an den festen Boden! Überlass dich dem Wasser und mir.«
Er schwamm mit ihr zu einer kleinen stillen Bucht, in der das Wasser völlig glatt war, und hieß sie sich lang auszustrecken. »Nun atme tief!«, befahl er und glitt unter ihr weg.
Andrula lag im Wasser. Wahrhaftig – es trug sie! Aber nur einen Augenblick, denn sie atmete aus, fühlte sich sinken und schlug wild mit den Armen um sich. Da war der Delfin schon neben ihr, sein Schwanz glitt unter ihre Schulter und stützte sie. Andrula konnte eine seiner Flossen fassen und hob ihr Gesicht aus dem Wasser, um Luft zu schöpfen.
»Nun?«, fragte er vergnügt.

»Scheußlich«, antwortete Andrula, denn sie hatte eine Menge salziges Seewasser geschluckt.
»Sofort noch einmal!«, befahl der Delfin. »Hast du Mut?«
»Natürlich«, sagte Andrula, holte Atem und ließ los. Diesmal atmete sie aus, solange sie ausgestreckt im Wasser lag. Mit den Armen drückte und mit den Beinen stieß sie das Wasser unter sich und fand, dass sie gehoben wurde. Sie konnte von Neuem Luft holen, ohne ein Viertel des Ägäischen Meeres zu schlucken. Der große Fisch hielt sich neben ihr, nie zu dicht, aber immer war er ihr zur Seite. Das gab ihr die nötige Zuversicht: Sie wusste, wie schnell und behände er schwamm.

Noch einmal gelang es ihr, ein paar Stöße zu tun. Dann atmete sie falsch und sank. Aber noch ehe sie kämpfen konnte, war er bei ihr, hob sie auf seinen Rücken und trug sie an Land.
Atemlos, lachend und stolz zog Andrula sich auf ihren Felsen.
»Wie war ich?«, fragte sie.
»Fürs erste Mal gar nicht schlecht«, lobte er und dann gab er ihr weitere Anweisungen. Andrula, auf dem warmen Stein ausruhend, hörte aufmerksam zu.

Nach zwei Tagen schwamm sie schon tapfer neben ihm, kurze Strecken nur, aber doch, ohne bei jedem dritten Stoß nach seiner Flosse zu greifen. Oben auf der hohen Klippe standen die vier Jungen und sahen diesem neuen Zeitvertreib mit ängstlichen Gesichtern zu. Es war nur zu klar – sie hielten nichts, aber auch gar nichts davon.
»Kommt herunter, lernt auch schwimmen!«, rief Andrula ihnen zu. Sie wollte winken, sackte ab und kam lachend und spuckend wieder hoch.
Wie ein Mann schüttelten die vier entsetzt die krausen Köpfe, warfen sich herum und galoppierten davon.

Inzwischen ging Andrulas Mutter jeden Tag zum Rebacker des Bauern Stavro, der sie für die Traubenernte gedungen hatte. Seine Frau konnte ihm in diesem Jahr nicht helfen, denn sie erwartete ihr viertes Kind, darum musste Evangelia einspringen. Sie tat es nur zu gern; es war doch ein kleiner Verdienst. Sie hatte auch Andrula mitbringen wollen, aber Stavro war geizig und mochte nicht für ein zweites Paar helfender Hände bezahlen.

Nach der Arbeit in den Weinbergen ging Evangelia jeden Abend mit dem Bauern nach Hause und griff auch da zu, wo Hilfe nötig war. Darum kam sie immer erst spät heim und war dann so müde, dass ihr an ihrer Tochter nichts auffiel. Nicht, zum Beispiel, dass die Kleine schon wieder ihr Haar gewaschen hatte oder dass ihre wenigen Wäschestücke merkwürdig oft zum Trocknen auf den Büschen hingen. (Andrula musste ja immer das Salzwasser aus Haar und Wäsche spülen, damit die Mutter nichts merkte.) Auch dass die Haut des Kindes immer tiefer von der Sonne gebräunt wurde, übersah Evangelia, und ebenso, dass Andrula zuweilen etwas sagen zu wollen schien, im letzten Augenblick aber fest die Lippen schloss – beinahe hätte sie sich verraten!

Denn Andrula war so voll von ihrer neuen Kunst, dass

sie am liebsten über die ganze Insel gelaufen wäre, um es jedem, Mann, Frau, Kind, Katze und Hund, zuzurufen: »Ich kann schwimmen, ich kann schwimmen!« Vor allen anderen aber hätte sie es natürlich der Mutter gern erzählt, und das durfte doch nicht sein.
Erkundigte sich Evangelia während des Abendessens, was sie den ganzen Tag getan hätte, erwiderte Andrula kurz: »Gespielt« oder »Muscheln gesucht« oder »Sotiris zugeschaut«. Der Fischer saß oft neben seinem Haus im Schatten und flickte seine Netze und die Kinder hockten gern dabei um ihn herum. Er hatte immer etwas zu erzählen – von den Meerfrauen und vom Schwammtauchen und von großen Stürmen, von Schiffbrüchigen und wunderbaren Rettungen aus Seenot.
Evangelia nickte nur, wenn die Kleine so antwortete, und fragte nicht weiter. Sie sah ja, dass Andrula den kleinen Pflichten, die ihr aufgetragen wurden, meist getreulich nachkam. Ein- oder zweimal freilich hatte sie etwas versäumt und sagte hinterher, sie hätte es vergessen. Es handelte sich um Besorgungen oder Bestellungen, die in der Chora zu erledigen gewesen waren, aber auch dabei fiel der Mutter nichts auf. Sie schalt nicht einmal richtig, sie war viel zu müde dazu. Und Andrula wurde jetzt schon bei der mildesten Rüge so mürrisch und aufsässig! Ja, sie trotzte dann am nächsten Morgen noch und wollte kein freundliches Gesicht zeigen. Das kam davon, dass sie kein gutes Ge-

wissen hatte und genau wusste, wie sehr sie den Vorwurf der Mutter verdiente – und noch viel mehr.

Andrula nützte diese Zeit der Freiheit nach Kräften aus. Glücklicherweise lagen die Rebäcker auf der Landseite des Hügels und alle Leute hatten dort so viel zu tun, dass ihnen der Tag von Sonnenaufgang bis zum Abenddämmern nicht lang genug war. Und die Fischer zogen nachts aus. Da war niemand, der Andrula sich fortstehlen sah.

Nur eines war jetzt nicht mehr so leicht, wie es am Anfang des Abenteuers gewesen war: Ihr Weinstock hatte nach und nach all seine Trauben hergegeben. Nun hatte Andrula keine Beeren mehr, um sie dem Delfin mitzubringen. Wohl gab die Frau des Stavro der Mutter von ihrer Ernte mit, aber immer dachte sie nicht daran. Und wenn Evangelia am Abend eine Traube aus ihrem Korb hob, dann bestand sie darauf, dass Andrula sie gleich verzehrte. Das Kind bekam sowieso letzthin zu wenig zu essen; es kochte sich nichts, wenn ihm das auch befohlen war.

Nun, es wird nicht mehr lange dauern, dachte Evangelia. Bald war die Ernte vorbei, Stavro würde ihren Lohn auszahlen und gleich am Sonntag darauf sollte Andrula Fleisch haben, jawohl – ihr Leibgericht: kleine Stücke von Hammelfleisch auf kurze Spieße gereiht, über Holzkohlenglut geröstet und zuletzt mit Majoran bestreut. Der Gedanke an diese Mahlzeit und wie gut sie Andrula schmecken würde, machte die Mutter ganz glücklich, sodass sie an diesem Abend sofort einschlief. Sie schlief so fest, dass sie nicht hörte, als Andrula von dem gemeinsamen Lager aufstand und heimlich fortschlich.

Die Nacht war voll von Sternen. Fern auf dem Meer stand ein großes, starkes Licht. Dort fischte Sotiris; seine Lampe lockte die Fische an. In der Chora bellte ein Hund, weiter weg antwortete ihm ein zweiter. Sonst war alles still.
Andrula wusste, was sie tun musste. Sie musste zu dem Acker gehen, der heute an der Reihe gewesen war. Dort brauchte niemand mehr zu wachen, um die Ernte zu hüten. Die eine oder andere Traube würden die Pflücker übersehen haben, vielleicht ganz unten am Stock; nicht jeder bückte sich gern so tief. Da wollte sie Nachlese halten.
Aber leise, sie musste leise sein und schnell. Damit niemand sie hörte, damit die Mutter sie nicht vermisste!
Und sie war leise, so leise wie die Eule, die an ihr vorbeistrich, und sie war schnell genug. Sie brachte ein Häufchen Beeren zusammen, etwa so groß wie eine mittlere Traube, und es gelang ihr, sie zu verstecken, ohne dass die Mutter wach geworden wäre. Aber obwohl das Wagnis gelungen war – sie konnte dessen nicht froh werden.
Es war ein ungeschriebenes Gesetz der Insel, dass niemand ungebeten eines anderen Trauben nahm. Und

wenn diese Beeren auch unbeachtet am Stock vertrocknet wären – Andrula musste sich sagen, dass sie sich fremdes Gut angeeignet hatte.

Es ist für meinen Delfin, wiederholte sie in Gedanken viele Male. Sie selbst würde nicht eine Beere davon anrühren, das stand so fest wie die Chora. »Für den Delfin, für meinen Delfin! Es sind die letzten. Ich werde es nie wieder tun«, gelobte sie. Und doch konnte sie nicht einschlafen, so schlug ihr das Herz.

Die letzten Septembertage zogen vorbei, heiter und schön wie Frühlingstage. Glückliche Tage, wenn Andrula sie auf der Insel Hyria verbrachte – doch hier und da kam einer, den sie schwarz nannte, so golden auch die Sonne schien. Jeder Tag, an dem sie daheimbleiben musste, war für das Mädchen schwarz und hässlich.
Sie hatte inzwischen tauchen gelernt und brachte vom Meeresboden kleine, zarte Muscheln in allen Farben des Regenbogens herauf und krause Seegewächse, sonderbar verästeltes Gezweig. Diese Schätze schenkte sie der Nymphe Kallisto, die in ihrem Quell damit spielte. Andrula konnte mittlerweile auch vom Felsen in das tiefe Wasser springen und sie schwamm mit dem Delfin, als sei sie eine der fünfzig Meerestöchter.
Diese hübschen und herzlosen Unholdinnen hatten endlich eingesehen, dass hier kein törichtes Menschenkind war, mit dem sie spielen konnten, bis es sein Leben verlor. Andrula hatte sich nicht verleiten lassen, wenn sie ihr auch hundertmal Perlen und Korallen versprachen – Berge von Perlen und Korallen! Außerdem war immer der große Fisch an ihrer Seite, der sie beschützte.

So schön war das Leben noch nie gewesen, dachte das Mädchen, wenn sie über den immergrünen Rasen der

Insel lief. Dann sang sie laut und tanzte vor Freude und ihre Spielgesellen, die vier Pansjungen, sangen und tanzten mit ihr.

Sie war in den letzten Wochen stark gewachsen. Melas bemerkte es eines Tages, als sie sich beim Tanz unter seiner Hand drehte: Er hatte Mühe, sie durchschlüpfen zu lassen.

»Was ist mit dir los?«, erkundigte er sich erstaunt. »Hast du dich gestreckt?«

»Wieso?«, fragte Andrula achtlos, nur auf ihre Tanzschritte bedacht.

»Pass einmal auf!«, forderte er und sie drehte sich wieder. Wahrhaftig, er musste sich gehörig recken, damit sie Raum genug hatte.
»Ich werde gewachsen sein«, erklärte Andrula, der das Wachsen nichts Neues war. Schließlich tat sie es die ganze Zeit.
»Gewachsen?«, fragten vier Stimmen auf einmal. Die Jungen vergaßen das Tanzen; sie drängten sich um sie und maßen sich an ihr.
»Natürlich. Tut ihr es nicht?« Plötzlich ging ihr auf, dass das wirklich der Fall war. Diese Panskinder wuchsen nicht. Ebenso wenig, wie das Gras auf Hyria jemals fahl wurde, die Nachtigall fortzog oder die kleinen Muskathyazinthen aus dem Gras verschwanden.
Und doch hatten sie sich verändert, ihre vier Gefährten: Sie waren nicht mehr ganz so rau, sie hatten sich etwas geglättet, und das stand ihnen gut. An Melas sah Andrula es am deutlichsten. So wild er auch mit seinen Brüdern spielen und raufen mochte – ihr gegenüber war er immer sanft und aufmerksam. Sie hatte einen guten Kameraden an ihm und auch an Balios: Er war bei Weitem der regste und gescheiteste von den Brüdern. Seine vielen Fragen zeigten, dass er nachdachte und sich mit allem, was sie vom Leben der Chora erzählte, auf seine Weise beschäftigte.
Sogar Gelanor, der so albern gewesen war, dass man oft gar nichts mit ihm anfangen konnte – dieser tollpatschige Gelanor hatte gelernt, was rechts und links war!

Und dass man vorn die Füße kreuzte, wenn es »vorn« geheißen hatte, und hinten, wenn Andrula »hinten« sagte – und nicht umgekehrt. Sie staunte immer noch, dass es ihr gelungen war, ihm das klarzumachen. Seitdem hatte sie wahrhaftig Hoffnung, ihm einen Tsamikos beizubringen, der sich sehen lassen konnte.

Und Battos! Ihr kleiner Battos, der bestimmt ein Herz hatte. Er selbst hatte es herausgefunden und er versuchte es sprechen zu lassen, obwohl seine Zunge schwer war. Aber sie war gar nicht mehr so schwer in letzter Zeit. Es war das eine oder andere Mal schon vorgekommen, dass er nicht mehr als zwei Sätze hinter den anderen in Verzug war. Und darüber staunten nicht Andrula oder seine Brüder am meisten, sondern Battos selber. Ach, Battos! Andrula lächelte, wenn sie an ihn dachte. Er war der kleine Bruder, den sie sich schon so lange gewünscht hatte.

Battos war es auch, dem es zuerst in den Sinn kam, Honig für Andrula holen zu wollen. Denn es gab Honig auf Hyria, in einer Höhle, die sie alle kannten. Die wilden Bienen wohnten darin, die sammelten und bewahrten ihn schon seit Jahrhunderten. Andrula aß sehr gern Honig; sie hatte es Battos selbst gesagt.

»Uns hat sie es auch gesagt«, bemerkte Balios dazu, als der Kleine voll Eifer, und darum noch unverständlicher als gewöhnlich, mit seinem Plan ankam. »Ich weiß es noch ganz gut – wir sprachen davon, dass die Menschen essen müssen und was sie dann essen.«

Er hatte recht, so war die Rede darauf gekommen. Es war Andrula aufgefallen, dass die Brüder vom Trinken-Müssen sprachen, wenn sie hungrig waren.
»Ihr meint, wenn ihr durstig seid«, hatte sie verbessert. Aber alle vier hatten beharrlich die Köpfe geschüttelt.
»Hungrig«, hatte ihr Sprecher Melas sehr bestimmt wiederholt und eine Hand auf seine nackte braune Mitte gelegt, »leer, hier, und müde im Kopf. Dann gehen wir zu Kallistos Quelle und sie nährt uns.«
»Und sonst braucht ihr nichts?«
»Was sonst sollten wir brauchen?«
Daraufhin hatte Andrula ihnen erklärt, wie es um die Menschen stand. Die brauchten mehr, um Leib und Seele beieinanderzuhalten, als nur Wasser. Und sie hatte aufgezählt, was sie am liebsten aß: Joghurt aus Schafsmilch und alle Arten Käse und Zuckermelonen oder die großen dunkelgrünen Wassermelonen, die innen rosenrot waren mit schwarzen oder weißen Kernen. Und junge Mandeln aß sie gern (von Hammelspießchen sagte sie lieber nichts, es wäre kaum taktvoll gewesen!) und Nüsse und natürlich Honig …
»Honig ist, was die Bienen essen«, hatte der gescheite Balios dazu gemeint.
»Ja, wir aber auch. Wir nehmen ihn den Bienen weg und essen ihn auf weißem Brot«, lachte Andrula und ließ in süßer Erinnerung ihre Zungenspitze über die Lippen wandern.
Das hatte Battos sich gemerkt und lange und gründlich

bedacht. Joghurt aus Schafsmilch, was immer das sein mochte, hatte er nicht, um Andrula damit eine Freude zu machen, noch Melonen, weder mit weißen noch mit schwarzen Kernen. Auch keine Nüsse – aber es gab Honig auf der Insel.

Für wen?

Für Andrula.

Mit dieser wichtigen Entdeckung ging er zu seinen Brüdern und verwendete viel Zeit darauf, sie ihnen mitzuteilen. Erst nahmen sie nicht besonders begeistert auf, was er ihnen zu sagen hatte. Eher kühl.

»Bienen stechen«, wandte Gelanor ein. Er wusste es, er hatte sich einmal auf eine gesetzt.

»U-u-u – und wenn!«, sagte Battos darauf, kühn wie ein Ritter, der erfährt, seine Prinzessin werde von einem Drachen bewacht.

Seine Brüder fingen langsam Feuer. Sie waren lange nicht in der Höhle gewesen und sie verspürten mehr und mehr den Wunsch, einmal wieder in dem geheimnisvollen Halbdunkel herumzustöbern. Und weil Melas, Balios und Battos noch nie von Bienen gestochen worden waren, begannen sie leichten Herzens, das Abenteuer zu planen.

Gelanor fiel es nicht ein, sich davon auszuschließen. Er machte mit, aber nicht so leichten Herzens.

Die Höhle lag tief in den harten hellgrauen Felsen, die seitlich aus Hyrias zweitem und höherem Hügel hervorragten. Die Jungen beschlossen, Andrula wenigstens bis zu diesem Bergrücken mitzunehmen, es würde eine Abwechslung für sie sein. Was hatte sie immer in dem unbeständigen, langweiligen blauen Wasser herumzuschwimmen? Aber am Fuße der Anhöhe, dort, wo das Arbutus- und Myrtengebüsch seinen leichten Schatten warf, dort sollte sie zurückbleiben. Denn sie durfte ja nicht wissen, was die vier vorhatten. Es sollte eine Überraschung sein. Wenn sie zurückkamen – Honig! Honig für Andrula.

Das Mädchen freute sich, als die Brüder mit ihrem Vorschlag anlangten. Sie kannte noch weiter nichts von der Insel als ein Streifchen Küste, Kallistos Quell und das kleine Tal, in dem sie mit den Panskindern spielte. Es wurde hohe Zeit, dass sie mehr von Hyria zu sehen bekam. Wenn sie gewusst hätte, was ihre vier Kameraden im Sinn hatten …! Aber sie wusste es nicht und darum lief sie leicht und flink und völlig ahnungslos hinter ihnen her in ihrem kurzen, verwaschenen Unterröckchen und mit bloßen Füßen.

Sie hätte nie gedacht, dass die Insel so groß wäre. Und dass es so gewaltige Bäume auf ihr gab! Als sie das Tal verließen, kamen sie in eine Schlucht, die mit hohen

alten Platanen bestanden war. Kallistos Quell, inzwischen zu einem kleinen Bach geworden, plätscherte fröhlich in ihrem Schatten dahin. Hinter der Schlucht erhob sich Buschwerk mit jungem, grünem, zartem Laub und ein Apfelbäumchen stand am Rand des kleinen Wasserlaufes, leicht geneigt; es blühte über und über, blassrosa und rosenrot.
Andrula hatte noch nie einen blühenden Apfelbaum gesehen. Etwas weiter hin am Wege entdeckte sie auch junge Quittenbäume, sechs oder sieben Stück, die blühten ebenfalls, aber sparsamer. Jede Blüte stand weiß und völlig allein auf ihrem Stiel über den flaumigen, neuen Blättern. Unter dem Geäst schimmerten kleine Teiche von dunklem und hellerem Blau: Muskathyazinthen.
»Kommst du nicht bald?«, schrien die Jungen, die weit voraus waren. Sie liefen achtlos an dieser Schönheit vorbei, Andrula aber war es wie ein wunderbarer Traum. Sie musste sich mit Gewalt losreißen. Sie schüttelte sich wie ein junger Hund, der geschlafen hat, und sprang den vier Brüdern nach.
»Ist es noch weit?«, erkundigte sie sich, als sie außer Atem bei ihnen anlangte.
»Nein, sieh – da oben die Felsen, da wollen wir hin. Aber du bleibst hier, du kannst dich im Schatten ausruhen«, sagte Melas.
»Ach, soll ich nicht ganz mit hinauf?«, fragte Andrula enttäuscht.

»Heute nicht«, erklärte Balios. »Nächstes Mal nehmen wir dich bestimmt mit, bis ganz oben hin.«
Andrula setzte sich ins Gras und schlang die Arme um ihre Knie: So sah sie ihren Spielkameraden nach. Schnell und ziemlich behänd kletterten sie über die großen Felsen und waren bald verschwunden.
Hoffentlich bleiben sie nicht zu lange weg, dachte Andrula. Sie riss Halme ab und begann dünne Zöpfe daraus zu flechten. Aber noch ehe sie sich ausdenken konnte, was sie damit anfangen wollte, erhob sich oben am Berg ein jämmerliches Geschrei. In größter Eile hasteten vier stolpernde, zappelnde Gestalten den Abhang herab. Hinter ihnen her kam eine große, dunkle Wolke von wütenden Bienen.
Andrula verstand nicht, warum die Jungen so schrien und tanzten und mit den Armen fuchtelten. Und nun warfen sie sich gar zu Boden und rollten hin und her! Aber das war doch kein Spiel ...
Sie lief zu ihnen hin, doch bergauf ging es nicht so schnell. Darum traf sie die Bienen nicht mehr, denn die waren bei ihren Waben geblieben – die kleinen Honigräuber in ihrer Bedrängnis hatten sie schließlich von sich werfen müssen.
Aber wie sahen diese Honigräuber aus! Dem einen hatte es Augenlider und Ohr, dem anderen Lippe und Nacken, dem dritten Nase und Hals getroffen, und schon schwollen die Stiche dick an. Klein-Battos sah aus, als hätte er Ziegenpeter. Alle vier wälzten sich

jammernd und stöhnend im Gras, um die Bienen loszuwerden, die immer noch böse und giftig surrend in Haar und Fell saßen.
Battos, er allein, hielt dem entsetzten Mädchen in seiner ganz zerstochenen kleinen Tatze eine braune Wabe hin, die er aus dem Unheil gerettet hatte: Honig, wilder Honig für Andrula.
Sie las den Jungen die letzten Bienen aus den Haaren, sie zog Stacheln aus, so viel sie finden konnte, und führte die vier zur Quelle hinab, wo sie ihnen mit ihrem Unterrock kühlende Umschläge machte. Erst als sie erfuhren, dass Battos eine Wabe glücklich – oder weniger glücklich – davongetragen hatte, heiterten die Panskinder sich etwas auf. Dann war wenigstens nicht alles vergeblich gewesen!
Andrula seufzte und lachte, nannte sie »kleine dumme Ziegenböcke« und lobte sie übermäßig – alles abwechselnd, bis die Brüder am Ende richtig stolz aus ihren verschwollenen Gesichtern herausguckten. Und dann brach sie ein Stückchen von der Bienenwabe ab und versuchte den Honig.
»Oh, das ist der beste Honig in ganz Griechenland!«, rief sie begeistert. »Besseren gibt's auch am Berge Hymettos nicht! Versucht doch mal …« Und sie bot den Jungen die Wabe an.
Aber die tunkten nur eine vorsichtige Fingerspitze in das dunkle, duftende Gold, das aus den eckigen Zellen tropfte. Sie leckten zweifelnd und schüttelten die Köpfe.

Den Geschmack wollten sie sich lieber gar nicht erst angewöhnen.

Als Andrula am Abend dieses denkwürdigen Tages daheim über die großen Steine hinaufstieg, fand sie an ihrem Weg eine gelbe, schlanke Knospe und erschrak. Der erste Herbstkrokus? Dann war es bald Oktober, die Schule fing wieder an und es war aus mit ihrer Freiheit.

Sie pflückte die Blume und weiter oben noch zwei, die aus einer Spalte brachen. Die wollte sie der Mutter

bringen; die liebte diese Blumen so sehr. Aber dann fiel ihr ein, dass die Mutter fragen würde, wo sie die Blüten gefunden hätte.
Nein, sie konnte sie nicht der Mutter bringen. Aber wegwerfen? Das wäre eine Sünde gewesen – sie waren so schön.
Schließlich bog sie vom Wege ab und lief zu der kleinen Kirche. Die Muttergottes sollte sie haben.
Andrula legte die drei goldgelben Knospen vor das dunkle Bild, aber sie sah es kaum an und bekreuzigte sich nur flüchtig. Und doch sagte sie, als die Mutter sie fragte, wo sie gewesen sei: »Bei der Gitonissa.«
»Gut hast du getan«, lobte Evangelia und lächelte ihr zu.

Nirgendwo war eine Spur von den vier Brüdern zu entdecken, als Andrula am nächsten Tage besonders zeitig auf Hyria landete – und sie machte sich doch solche Sorgen um ihre zerstochenen kleinen Freunde!

Aber als sie sich zu Kallistos Quell niederbeugte, um zu trinken, murmelte es ihr daraus mit heimlichem Lachen zu: »Sie schlafen ihre Schmerzen weg, die armen Kinder! Ich habe getan, was ich konnte.« Kallisto sprach oft mit Andrula auf diese Weise, wenn sie sich ihr auch seit jenem ersten Mal nicht mehr gezeigt hatte.

»Ich danke dir«, flüsterte Andrula ebenso heimlich. An diesem Ort wagte sie nie, laut zu reden oder hart aufzutreten.

Sie entfernte sich langsam, sie wusste nicht recht, was sie anfangen sollte. Der Delfin, der einen gesunden Hunger hatte, war auf eine Weile fortgeschwommen, um zu fischen. Sie war ganz allein; die nächsten Stunden lagen leer vor ihr, wie ein schöner Weg, der auf sie wartete. Andrula warf das Haar aus der Stirn. Nun gut, sie würde es dem Weg überlassen, wohin er sie führen wollte.

Zuerst führte er sie in die Richtung der Schlucht, denn sie dachte, sie wollte die Höhle jetzt allein ansehen.

Aber dann fiel ihr ein, dass die Bienen vielleicht noch ärgerlich sein und ihren Besuch nicht begrüßen würden. Darum schlug sie einen neuen Pfad ein, der sie vom Bach weg und in ein Dickicht führte und aus dem Dickicht heraus auf eine sonnige Halde. Und in der Sonne lag ... in der Sonne lag, ihr gerade gegenüber ...
Andrula hätte beinahe laut aufgeschrien. Ein Ungeheuer, halb Mann, halb Pferd! Sie stand stockstill und wagte kaum zu atmen.
Das sonderbare Geschöpf schlief, es hatte sie nicht bemerkt. Lautlos sank sie hinter einem Busch in die Knie. Wie kam sie nur wieder fort von hier, ohne dass es sie hörte oder sah?

Dann fiel ihr ein, dass niemand auf Hyria ihr etwas zuleide tun durfte, weil sie der Gast war. Der Gedanke beruhigte sie und gab ihr Mut, sich den Pferdemann wenigstens anzusehen, denn ein solches Ungetüm sah man schließlich nicht alle Tage. Gehört hatte sie oft von ihm, aber sie wusste nicht, dass er auch auf den Inseln vorkam. Er war ein Bewohner der Berge und dichten Wälder: In Arkadien und auf dem Berge Pelion sollte er vorkommen.
Dort, so hatte sie oft gehört, kam der Pferdemann zur Nachtzeit aus den Wäldern und rüttelte an den Türen einsamer Hütten. Etwas Gutes hatte er dabei nicht im Sinn, das war gewiss. Aber wenn man feste Riegel hatte, konnte man sich seiner leicht erwehren, indem

man abends ein grobes Sieb draußen neben der Tür liegen ließ. Das sah er gleich und er konnte aus dem Ding nicht klug werden. Eine Schale aus lauter Löchern? Wie viel Löcher waren es wohl?
Und dann vergaß der nächtliche Besucher, was er gewollt hatte. Er fing an die Löcher zu zählen. Und das

ging nicht so schnell, denn er konnte nur bis zwei zählen, der Arme. Da saß er denn vor der Tür mit seinem Sieb und zählte: Eins, zwei – eins, zwei – eins, zwei – bis der Hahn krähte, dann musste er wieder zurück in seinen Wald.

Oh, dachte Andrula, wenn ich doch nur ein Sieb hätte!

Aber sie hatte keines und darum würde sie wahrscheinlich sehr bald erfahren, was das Ungeheuer mit den Menschen anfing, die es in seine Gewalt bekam.
Sie konnte es nicht lassen, sie musste immer wieder durch das Blattwerk schauen. Wie groß er war! Rotbraun und blank wie Seide der ganze mächtige Pferdeleib und darüber die helle Brust und die breiten Schultern eines Mannes. Sein Haar und der lange Schweif waren eine Spur dunkler.
Er schlief ganz fest … Vielleicht konnte sie doch noch fortschleichen, ehe er wach wurde? Gerade wollte sie es wagen, da nieste er kräftig. Andrula sank wieder hinter ihren Busch zurück.
Nun reckte er sich, breitete die Arme aus und gähnte. Dann sprang er auf seine vier Füße. Er war noch viel größer, als Andrula gedacht hatte. Ein Laut der Überraschung entfuhr ihr. Sie biss sich auf die Knöchel, aber es war zu spät, er hatte ihn gehört.
Er kam sofort und geradewegs auf den Busch zu, der sie verbarg, beugte sich herab und nahm sie aus dem Grün heraus, wie man seinen Hut aufhebt oder ein kleines Bündel.
»Du kannst mich besser aus der Nähe ansehen, Echo!«, sagte er. Er hielt sie mit ausgestreckten Armen von sich und lachte.
Andrula brachte es fertig, etwas zu antworten. »Ich heiße nicht Echo, ich heiße Andrula«, stammelte sie. Aber sie sah ihm tapfer ins Gesicht.

»Sehr erfreut, Andrula«, sagte der Pferdemann, setzte sie auf den Felsblock, an dem er gelehnt hatte, und schüttelte ihr herzhaft die Hand. »Ich heiße auch nicht Narzissus, sondern Aglaos. Aber wenn man von einer kleinen Nymphe im Gebüsch belauscht wird … Warum hast du denn solche Angst vor mir?«

»Weil du ein Ungeheuer bist«, entgegnete Andrula unumwunden.

»Ich? Ein Ungeheuer? Wie kommst du darauf? Was ist das überhaupt?«

»Oh, etwas Böses! Nachts kommt es aus dem Wald und rüttelt an der Tür und es stiehlt Menschen und schrecklich dumm ist es auch«, zählte Andrula unbedacht auf.

»Und für so etwas hältst du mich?«, sagte Aglaos. Er richtete sich hoch auf und warf die Arme weit auseinander: »Sieh mich an! Sehe ich böse aus? Ich, Aglaos, der Zentaur! Weißt du, was mein Name bedeutet?«

Andrula schüttelte stumm den Kopf.

»Der Herrliche«, sagte Aglaos einfach, verschränkte die Arme über seiner breiten Brust und genoss ihre Verwirrung.

Andrula saß auf dem Stein und wünschte sich nichts so sehr wie ein Mauseloch – und dass sie klein genug wäre, sich darin zu verkriechen. Ungefähr so klein, wie sie sich vorkam.

Da lachte er laut und ergriff sie, schwang sie hinter sich auf seinen starken Rücken und sprengte mit ihr

davon, über die sonnigen Hänge, durch den schattigen Wald. Seine vier Hufe donnerten, und während er galoppierte, stieß er helle, triumphierende Rufe aus. Aber als sie in den Wald kamen, wurde er langsamer und er griff oft nach tief hängenden Zweigen, um sie sacht aus dem Wege zu biegen.
Zuerst hatte Andrula ihre beiden Hände in seine fliegende Mähne gekrallt. Es ging so rasch, dass sie kaum Luft holen konnte. Ihre Haare flogen, ihr Gesicht glühte. Sie war noch nie auf etwas Schnellerem geritten als auf dem Eselchen des Bauern Stavro, und diesen Zentaurenritt mit jenem Eselritt zu vergleichen war unmöglich. Ebenso gut hätte sie eine Fahrt auf dem Delfin mit einer in Sotiris' altem Kahn vergleichen können ... Doch bald jauchzte sie mit Aglaos um die Wette, und als sie in den Wald einbogen, wagte sie eine Hand aus der Mähne zu nehmen und leise seine Schulter zu streicheln. Die Pferdeschulter. Er drehte sich um und lachte sie mit seinen schönen weißen Zähnen fröhlich an.
Dann wanderte er langsam mit ihr aufwärts durch den Wald, unter Edelkastanien und mächtigen Kiefern. Wie groß war denn die Insel? Dies war ja kein Hügel mehr, es war ein Berg, den sie erstiegen! Oben dehnten sich weite, offene Flächen, über die Aglaos mit ihr dahinstob, leicht und frei wie der Wind. Über ihnen war nur der Himmel mit runden weißen Wolken. Andrula lachte und sang.

Nach und nach war ihr, als kenne sie diese Hügelspitze, jenen Felsen, dort das Tal. Aglaos hielt an. Von dieser hohen Warte aus konnten sie das Meer erblicken: Es war dunkelblau, mit vielen weißen Schaumkäppchen.

»Heute wirst du keine glatte Fahrt haben, meine kleine Andrula«, sagte der Zentaur. »Lauf nun, und glückliche Heimkehr! Kommst du morgen wieder?«
»Ja«, versprach Andrula rasch. »Aber so weit dürfen wir dann nicht wandern, weißt du. Ich muss mich wieder um meine Panskinder kümmern. Sie werden doch bis dahin wieder heil sein, meinst du nicht?«
Aglaos lachte. Natürlich hatte Andrula ihm von den vier Brüdern und ihrem Abenteuer mit den Bienen erzählt. Alles hatte sie erzählt – von der Chora und der Base Stassa; von der Mutter, die immer so still, und vom Vater, der im Meer geblieben war, und sogar, dass sie für den Delfin Trauben gestohlen hatte. Dieser große, schöne Aglaos war ihr sofort vertraut wie ein alter Freund.
Sie berichtete dem Delfin von ihrem Erlebnis, als sie durch die spritzenden Wogenkämme heimwärts fuhren. Dann meinte sie: »Ich habe gar nicht geahnt, dass die Insel so groß ist! Sie ist ja noch viel größer als Kalonysos und Ryos zusammen.«
»Ach, Andrula«, gluckste der Delfin, »hast du nicht gemerkt, dass Hyria jedem das ist, was er braucht?

Für die Panskinder ein grasiges Tal, für Aglaos ein Gebirge …«

Und für mich …, dachte Andrula, aber sie sprach es nicht aus, was Hyria für sie war. Sie hatte kein Wort, das gut und groß genug gewesen wäre. Aber ihr Delfin verstand sie auch so, ihm brauchte sie nichts zu sagen.

Andrula konnte das Versprechen nicht halten, das sie so voreilig gegeben hatte: Der nächste Tag war der erste Oktober und damit fing die Schule wieder an.
Evangelia kämmte ihrer kleinen Tochter selbst das Haar, band ihr eine frische Schürze um, gab ihr den gewebten Beutel, der als Schultasche diente, und einen Kuss zum Abschied. Das Mädchen ließ alles mit sich geschehen, als ob es aus Holz wäre. Seine Augen waren so finster wie Fenster ohne Licht.
»Was hast du nur, Andrula mu?«, fragte die Mutter besorgt. »Du wirst mir doch nicht krank werden?« Und sie fühlte schnell, ob die Stirne heiß wäre. Nein, sie war ganz kühl.
»Ich mag nicht zur Schule gehen«, murrte Andrula.
»Aber du bist doch sonst immer so gerne gegangen!«, rief die Mutter erstaunt. »Wie du nur redest. Geh jetzt, mein Vögelchen, geh – sonst kommst du zu spät.«
Unlustig drückte das Kind sich zum Tor hinaus. Wenn Evangelia nicht in Gedanken schon bei ihrem Webstuhl gewesen wäre, hätte sie an dem schmalen Rücken und den hängenden Schultern das Widerstreben ablesen können, mit dem Andrula den Schulweg antrat. Aber sie hatte an diesem Morgen die Kettfäden für einen Läufer einzuziehen, eine langwierige Arbeit, bei

der Theano, die Frau des Töpfers, ihr helfen wollte. Sie beeilte sich darum, alles bereitzumachen, und sah der Kleinen nicht nach.

Da, wo der Pfad zum Strand abzweigte, stand Andrula einen Augenblick still und überlegte, ob sie sich nicht einfach wegstehlen sollte, wie sie es so oft getan hatte. Aber sonst hatte niemand als die alte Katsika davon gewusst. Diesmal wartete oben im Dorf die Schule mit Lehrer, Lehrerin und allen Schulkindern – und jeder würde merken, dass sie am ersten Tag nach den Ferien fehlte. Sie durfte es nicht wagen, heute noch nicht.
Langsam ging sie weiter. Die Tasche in ihrer Hand wog schwer wie Blei und ihr Herz war noch schwerer. Oben in der Chora kamen andere Kinder aus den Türen und wollten sich ihr anschließen. Aber Andrula sah sie feindselig an und sprang vorauf. So kam sie doch als eine der Ersten an.

Auf dem Schulhof war es wie immer: Die großen Jungen standen in einer Gruppe zusammen und versuchten wie Männer zu reden. Die großen Mädchen begrüßten einander lebhaft, als hätten sie sich wochenlang nicht gesehen. Die Kleinen und die Ganz-Kleinen jagten sich kreuz und quer über den Schulhof, lauter schrille Schwalben.
Andrula gehörte zu den Nicht-so-Kleinen und Noch-nicht-Großen, aber sie gesellte sich zu keiner Gruppe.

Sie blieb nahe am Tor und tat, als suche sie etwas in ihrer Tasche. Zum Glück kam bald der Lehrer aus seinem Haus neben dem Schulgebäude. Er ging mit schnellen Schritten über den Hof, die Grüße der Kinder erwidernd: »Guten Morgen, Andromache! Stelio, guten Morgen – guten Morgen, ihr alle!«
Auch Fräulein Eleftheria kam gelaufen, ein neues Schulkind an der Hand. Die Kleine hatte Angst, am ersten Schultag zu spät zu kommen, darum musste Fräulein Eleftheria so eilen.

Zwei der großen Jungen sprangen zu dem alten Ölbaum hin, in dem die Schulglocke hing, und fingen nach Leibeskräften an zu läuten. Aber es gab keine Nachzügler, heute nicht.
Der Unterricht begann.
Zuerst begrüßten sie den Lehrer noch einmal, alle zusammen und auf die hergebrachte Weise. Dann sprach Herr Sophoklis ein Gebet. Nicht eines von den Kindern schielte dabei nach seinem Nachbarn oder nach dem Stoß neuer Bücher auf dem Pult. Ihr Lehrer war sehr streng und hielt sie in guter Zucht.
Dann durften sie sich setzen: vorn die Kleinen und Kleinsten auf den Fußboden, denn auch sie waren in der »großen« Klasse mitversammelt. Fräulein Eleftheria saß am Ende ihrer Reihe auf einem Stuhl, brav wie die Kinder, die Hände gefaltet. Alle waren sehr aufmerksam, denn der Lehrer hielt jetzt eine Rede. Das tat er jedes Mal, am letzten Tag vor den Ferien sowohl wie zum Schulbeginn. Er sagte zwar immer dasselbe, aber es war ja auch sehr wichtig: nämlich, dass sie nun in Gottes Namen die Arbeit des Lernens beginnen sollten und dass er ganz sicher sei, sie alle hätten den besten Willen mitgebracht. Und er hoffe, dass dieser frische Eifer ein wenig länger vorhalten werde als die ersten drei Tage. (Hier durften die Kinder lachen, aber nur leise und ganz kurz.) Es liege jetzt an ihnen allein, ob dies ein gewinnreiches Schuljahr werde oder nicht. An ihm selber solle es nicht fehlen, und soviel er wisse,

an Fräulein Eleftheria auch nicht. (Hier durften sie wieder lachen.)
Dann änderte der Lehrer seinen Ton, der beinahe feierlich gewesen war, und teilte unter den Großen verschiedene Ämter aus. Die Schulglocke läuten: Das ging reihum. Die Hefte einsammeln: Das war ein wöchentliches Amt. Für den Handarbeitsschrank sorgen: Maria und die große Sophia. Für die Wandtafel und den Kreidekasten: Jorgakis. Und so ging es weiter …

Bei der Rede hatte Andrula kaum hingehört, aber als die Ämter bestimmt wurden, war sie mit ängstlicher Aufmerksamkeit dabei. Endlich war die Liste erledigt und das Herz fiel ihr mit solcher Erleichterung wieder an seinen Fleck, dass sie meinte, ihre Nachbarinnen müssten es gehört haben. Wenn ihr nun ein Amt aufgetragen worden wäre! Eines vielleicht, das sie den ganzen Monat über hätte versehen müssen. Wie Stassa zum Beispiel, die die Topfblumen zu begießen hatte. Sie saß da und strahlte und blickte um sich, stolz wie ein Truthahn. Noch nie hatte Andrula ihr etwas so von Herzen gegönnt.
Stassa aber, die Andrulas tiefen Atemzug wohl bemerkt hatte, dachte, sie habe ihn aus Zorn und Neid getan, und blies sich noch einmal so auf. Sie hatte ein Amt, sie als Einzige der Mittelstufe! Und Andrula hatte keines, nicht das geringste, Andrula war nicht mehr als die Fliege an der Wand!

Etwas später konnte Stassa noch überlegener lächeln. Da waren die Kleinen und die Ganz-Kleinen mitsamt Fräulein Eleftheria in das andere Klassenzimmer gezogen und bei den Größeren hatte der Unterricht begonnen. Der Lehrer, der ihnen den ersten Schultag immer so angenehm wie möglich zu machen suchte, fing mit den alten griechischen Sagen an. Zuerst stellte er Fragen, um zu sehen, wie viel sie vom früher Gelernten noch in den Köpfen hätten, ehe er etwas Neues dazutat. Es waren leichte und einfache Fragen – aber nun sagte er schon das dritte Mal: »Andrula? Andrula! Nenne mir die zwölf Arbeiten des Herakles. Andrula!«

Andrula fuhr auf und es war nur zu klar, dass sie außer ihrem Namen kein Wort gehört hatte. Sie stand, als ob man sie gerade aus dem tiefsten Schlaf gerissen hätte, und die ganze Klasse kicherte.

Der Lehrer wusste nicht, was er denken sollte. Er hatte Andrula immer für eine seiner begabtesten Schülerinnen gehalten. Und jetzt – so verträumt, so unaufmerksam! Ach ja, diese überlangen Sommerferien – sie schütteten alles zu, was er mit so viel Mühe diesen jungen Köpfen einzupflanzen trachtete.

Er rügte Andrula wegen ihrer Unaufmerksamkeit und sagte: »Die Nächste also – du, kleine Sophia!«

Und Sophia rasselte die Arbeiten des Herakles so glatt herunter wie eine Weckeruhr – und genauso gedankenlos.

Andrula versuchte dem Unterricht zu folgen, aber es gelang ihr nicht. Immer wieder flogen ihre Gedanken nach Hyria – ob die Bienenstiche der vier Brüder geheilt waren? Ob Aglaos schon nach ihr ausschaute? Und ihr lieber Delfin! Wie er wohl wartete, wie er in der kleinen Bucht hin und her schwamm: Kommt Andrula denn heute nicht?
Sie glaubte den hallenden Ruf zu hören, mit dem der Pferdemann über die Hänge stürmte, und das fröhliche Geschrei der Panskinder. Und dann wieder das leise Flüstern der Quelle: »Schön, schöne Muscheln, Andrula! Trinke, trink … zur Gesundheit, Andrula …« Silber um die Muschelränder, Silber um bunte Steine, leises Lachen. »Komm bald wieder, Andrula!«
Die Stimme des Lehrers, jetzt hart und zürnend: »Wie oft soll ich dich aufrufen, Andrula?«
Andrula musste in der Ecke stehen und Stassa lachte höhnisch.

Der erste Herbstregen fiel und erfrischte die dürren Felder.
Jedermann freute sich, denn er hatte ziemlich lange auf sich warten lassen. Der Sommer hatte sich ungebührlich ausgedehnt und das Wasser in den Brunnen war bedenklich tief gesunken.
Auch die Leute der Chora fühlten sich erfrischt, als die großen Tropfen fielen, erst langsam und einzeln, dann in einem schweren Schauer. In den Höfen sangen die Mädchen, oben in der Kirche läutete die Glocke. Es war Feierabend und Marientag.
Nur Andrula war nicht froh. Seit drei Tagen war sie nicht auf ihrer Insel gewesen und übermorgen war Sonntag. Da konnte sie erst recht nicht fort. Es blieb ihr also nur der Sonnabend – denn bis Montag hielt sie es nicht mehr aus. Ob sie es morgen wagen sollte? Sie hatte sich ausgedacht, sie würde zur Schule gehen wie immer, sich aber nach dem Läuten der Glocke unbemerkt zu entfernen versuchen. Der Delfin wusste, dass der Unterricht angefangen hatte; sie war am Abend des ersten Schultages zur Bucht gelaufen und hatte es ihm gesagt. Der Arme! Er hatte viele Stunden dort auf sie gewartet. Und er hatte ihr aus freien Stücken versprochen, dass er jeden Tag so warten würde, falls es ihr gelingen sollte, sich freizumachen.

Andrula war in diesen drei Tagen oft gescholten und mehrmals bestraft worden. Aber es half nichts: Sie konnte ihre Gedanken nicht auf die Worte des Lehrers richten. Immer wieder flogen sie davon wie Vögel, die heimziehen – hin zur Insel Hyria.

Und sie konnte mit ihren Schulkameraden nichts mehr anfangen. Es war, als trennte sie ein tiefes Wasser von den übrigen Kindern. Andrula konnte sie auf dem anderen Ufer sehen, aber hinüber konnte sie nicht: Das Wasser war zu breit. Sie wollte auch gar nicht zu ihnen. Das waren Fremde; was hatte sie bei denen zu suchen? Einige waren sogar Feinde, Stassa und zwei oder drei ihrer Freundinnen. Sie höhnten und neckten Andrula, wo immer sie sie fanden, und ihre Schadenfreude, wenn sie wieder einmal gestraft wurde, war offenbar.

Auf der Insel Hyria gab es keine Schadenfreude. Und wenn einer der Jungen über den anderen stolperte und ein helles Gelächter darüber aufklang – es war doch keine Bosheit dabei. Es gab keine spitzen Redensarten, keine schrägen Blicke, kein heimliches Flüstern in Ecken. Und kein Gekicher hinter jemandem her!

Andrula war noch nie so unglücklich gewesen. Sie wusste nicht, wie sie diese kummervolle Zeit ausgehalten hatte. Das Schlimmste war das Heimweh. Nach diesen endlosen drei Tagen wäre sie selbst einem Meermädchen wie einer Schwester um den Hals gefallen. Auch die Nereiden konnten böse sein, aber ihnen war es nicht zu verargen, denn sie hatten kein Herz. Diese Kinder hier aber, die sie quälten, die hatten Herzen. Die hätten es besser wissen sollen.

Noch war das Wetter schön und mild. Mit einigem Glück konnte es bis Mitte November warm bleiben, so lange also würde sie zur Insel hinüberfahren können. Und Andrula hatte fest vor, das zu tun, sooft und solange es irgend möglich war. Dann allerdings, wenn die großen Stürme des Winters kamen und die See eiskalt war – Andrula mochte nicht daran denken. Dann würde sie ganz und gar gefangen sein. An diesem ersten Samstag im Oktober gelang es ihr wirklich, sich vor Schulbeginn unbemerkt zu entfernen. Sie schlüpfte den kleinen, steilen Weg zum Strand hinab, es war ganz leicht. Niemand war um diese Morgenstunde in der Nähe der Küste.
Nun allerdings lag der lange Uferstreifen vor ihr, leer und weit und ganz ohne Deckung. Ungesehen musste sie bis zu seinem anderen Ende kommen, und das schien fast unmöglich. Jeden Augenblick konnte jemand erscheinen, die Leute von den Hütten hier unten hatten ja immer etwas am Wasser zu tun. Andrula konnte sich nur auf ihr Glück verlassen, und wahrhaftig: Es blieb ihr treu. Flink wie eine Eidechse huschte sie über den hellen Sand; noch nie war sie so atemlos in der kleinen Bucht angekommen. Vor Herzklopfen konnte sie kaum den Delfin begrüßen.

Denn natürlich war er da. Und er freute sich wie närrisch, weil er seine Freundin wiederhatte. Er tobte im Wasser, wie es außer einem Delfin nur ein Seelöwe kann; er tauchte, er sprang, er schoss hierhin und dahin, blitzschnell sich wendend, bis das Wasser in der kleinen Bucht ein einziges wildes Gestrudel war. Andrula war vor Aufregung und Eile atemlos gewesen – jetzt war sie's vor Lachen. Und dann saß sie auf seinem Rücken und es ging nach Hyria – wie der Pfeil vom Bogen, so geraden Weges.
Vierundvierzig Wellentöchter kamen ihnen entgegen, lachend und singend, mit weißen Kränzen im Haar. Im

Triumph wurde Andrula zu der Insel geführt; sie durfte es heute sogar wagen, mit den Meermädchen zu schwimmen. Nahe am Ufer, natürlich, und unter der Aufsicht des Delfins, aber diesmal war kein Schabernack in den schönen, lichten Köpfen. Sie nannten Andrula »Schwesterchen« und hängten ihr seltsamen Schmuck um Stirn und Hals, allerlei Meerkraut, Muschelwerk und einen Seestern, und in die Ohren kniffen sie ihr kleine Garnelen als Ohrgehänge. Sie gaben ihr einen seltsam verästelten, weiß und rosig umkrusteten Zweig in die Hand und spielten »Du bist unsere Königin« mit ihr.

Mitten im schönsten Spaß aber meckerte und trompetete es plötzlich gewaltig oben auf den Klippen. Andrula schaute hinauf: Da standen ihre vier Panskinder und bliesen in die Hände, wie Tritonen in Muscheln blasen, und meckerten dazwischen wie Böcklein im Stall, die an die Sonne wollen. All das galt ihr, Andrula, und sagte mehr als deutlich: Komm doch, komm doch! Kommst du nicht bald?
Sogleich löste sie sich aus der Nereidenkette und schwamm ans Land. Aber zuerst musste sie am Quell niederknien und den Schmuck aus ihren Haaren an seinen Rand legen. Die Garnelen waren nicht mehr dabei, die hatten losgelassen, ehe sie aus dem Wasser stieg, aber alles andere war für Kallisto: Meerkraut und Muscheln und gezackter Stern.

Und da, wo das Wasser sich kräuselte und runde Ringe bildete, hob sich's wieder weiß und schlank in die Höhe, lächelte und winkte, schimmerte und verschwand – Kallisto selber.

Darauf tanzte Andrula noch einmal so fröhlich mit den Panskindern; und Aglaos kam herbei, legte sich in die Sonne und sah ihnen zu. Nach wenigen Minuten trabte er fort, aber nur, um mit einer Flöte zurückzukehren, mit einer Hirtenflöte aus Rohrpfeifen, auf der er ihnen die Begleitung blies. So gut war das Tanzen noch nie gegangen!

Andrula machte sich mit neuem Eifer daran, ihre vier Kameraden den Tsamikos zu lehren.

Etwa zehn Tage später kam die Frau des Lehrers zu Evangelia, sie wollte über warme Winterbettlaken mit ihr sprechen. Zuerst tat sie das auch, aber bald fing sie von etwas anderem an.

»Wie geht es deiner Andrula?«, erkundigte sie sich wie beiläufig. »Was fehlt ihr eigentlich?«

»Andrula?«, fragte Evangelia verwundert zurück. »Der fehlt doch nichts!«

»Wie?«, sagte die Lehrersfrau. »Der fehlt nichts – ist Andrula denn nicht krank?«

»Nein«, erwiderte Evangelia, die nicht verstand, wie ihre Besucherin auf so einen Gedanken kam.

»Dann solltest du sie nicht so oft zu Hause behalten«, meinte Frau Eleni vorwurfsvoll. »Das Kind gehört in die Schule.«

»Aber da ist sie doch!«, rief Evangelia sehr bestürzt.

»Da ist sie eben nicht«, sagte die Lehrersfrau streng und bestimmt. »In den letzten zehn Tagen ist Andrula nur einmal in der Schule gewesen.«

Damit ging sie und ließ eine völlig verstörte Mutter zurück.

Wohl versuchte Evangelia weiterzuweben, aber mit so fahrigen und zitternden Händen, dass sie es besser nicht getan hätte.

Mehrere Male entfiel ihr das Schiffchen und schließlich ließ sie es liegen. Sie schlug die Hände vor das Gesicht und dachte: Wo ist mein Kind?

Es gab nur eine Antwort darauf: Weit, weit weg.

»Und ich habe sie gehen lassen, wohin sie wollte«, sagte sie laut zu sich selber, nachdem sie lange so gesessen hatte. Sie hielt es allein nicht mehr aus, sie musste ihre Sorge jemandem anvertrauen. Und sie brauchte schnelle Hilfe.

Evangelia sprang auf und lief aus ihrem Hof, über die Felder, hin zu der Muttergottes im Gefild. Dort in dem kleinen kühlen, friedvollen Raum, vor dem dunkelgoldenen Bild, schüttete sie ihr Herz aus. Alles stürzte hervor: der alte Schmerz um Andreas, ihren Mann, der Andrula ein guter Vater gewesen wäre. Und die bittere Klage, dass sie selber gefehlt und ihr Kind nicht besser geleitet hatte. Weil sie so arm war, weil sie viel und hart arbeiten musste, darum – nur darum hatte sie ihre Pflicht versäumt und das Mädchen sich selbst überlassen.

»Aber du weißt es, Allerheiligste, du weißt, dass es nötig war, nicht wahr? Wie sollten wir sonst leben? Mach du wieder gut, was ich versäumt habe! Ich bitte dich von Herzen ...«

Die Tränen liefen ihr über das blasse Gesicht und sie saß lange im dämmrigen Dunkel und weinte vor sich hin. Dann erhob sie sich, küsste das Bild der Himmelsmutter und ging langsam aus der Kirche. Sie fühlte sich ganz leer und so müde, dass sie kaum die Füße

heben konnte. Darum setzte sie sich draußen auf einen Augenblick hin, den Rücken an die weiße Mauer gelehnt. Sie schlief sofort ein.

Derweil war Andrula auf Aglaos' Rücken über die sonnigen Halden geflogen. Er hatte sie zu der Höhle hinaufgetragen, in der die Bienen wohnten.
Sie war allein hineingegangen, denn der Spalt des Einganges war zu eng für ihren Freund. Mit scheuem Staunen hatte sie zu der Wölbung aufgeblickt, die hoch über ihr dämmerte. Die Höhle war wie ein Bienenkorb geformt, sie war voll vom Surren und Summen der Bienenvölker, die in ihr wohnten. Der Boden

war hier glatt, da uneben, und überall gab es merkwürdig gestaltete Felsen. Von den Wänden hing es wie Falten versteinerter Vorhänge, zwischen denen die braunen Gebilde der Honigwaben hervorschauten. Es roch süß und ein wenig vergoren, denn die Bienen sammelten viel mehr Blütenstaub, als sie verzehren konnten – die Höhle war eine wahre Schatzkammer voll Honig.

Aglaos rief nach Andrula und sie lief zu ihm zurück. Es wurde Zeit, dass sie an die Heimkehr dachte. Sie musste jetzt immer genau darauf achten, dass sie ungefähr bei Schulschluss zu Hause war. Sie scherzte noch ein Weilchen mit den vier Jungen, die den Ausflug zur Höhle lieber nicht mitgemacht hatten, und trank an Kallistos Quell. Dann bestieg sie den Delfin … Es schien nur ein Augenblick und er setzte sie in der kleinen Bucht wieder ab. Sooft Andrula bisher ausgefahren und wieder angelangt war – nie hatte sie dabei einen Menschen angetroffen, in all diesen Wochen nicht. Aber heute, als sie in ihren Kittel schlüpfte und dabei fröhlich mit dem Delfin schwatzte, sah sie auf einmal jemanden den Steilhang herabsteigen. Es war eine alte Frau, ganz in Schwarz gekleidet, und sie kam geradewegs auf sie zu. Erschrocken sah die Kleine ihr entgegen. Sie dachte an Flucht, aber es war zu spät.

Andrula kannte alle alten Frauen des Ortes. Aber diese Frau kannte sie nicht, sie war ihr völlig fremd. Vielleicht war sie aus dem Hafenort herübergekommen,

zum Besuch in der Chora? Aber was tat sie dann hier, an diesem einsamen Küstenfleck? Die Fremde stand jetzt dicht vor ihr und sah sie streng und zornig an. Sie schien das Mädchen gut zu kennen.
»So«, sagte sie, »hier finde ich dich also!« Sie wandte sich dem Delfin zu, der anscheinend das Fortschwimmen auch verpasst hatte. »Und du«, fuhr sie fort, »was hast du mit diesem Kind zu schaffen? Ich weiß, wohin du sie alle Tage gebracht hast, und ich sage dir: Sie gehört nicht dahin. Bleibe du in deinem Bereich! Das Kind gehört zu dieser Erde und zu mir. Nun fort und komm nicht wieder her!«

Der Delfin benahm sich wie ein gescholtener Junge, der nicht zeigen mag, dass er sich schämt. Er tat ein paar seiner schönsten Sprünge, aber dann schoss er davon und war schnell verschwunden.
Andrula stand wie gelähmt. Es war etwas Schreckliches, etwas Furcht Einflößendes um diese fremde Frau, die ihr nun, um nichts milder, befahl:
»Geh nun auch du heim! – Ich verbiete dir, je wieder hierherzukommen. Du wirst deiner Mutter eine gute Tochter sein, von jetzt an.«
Damit wandte sie sich ab, und als Andrula den Blick zu heben wagte, stieg sie schon oben den Hang hinauf. Die Kleine zitterte immer noch vor ängstlichem Bangen. Sie ließ sich hilflos auf den Stein sinken und sah der dunklen Gestalt nach, die sich stetig entfernte. Wer war diese strenge Frau und was war so sonderbar an ihr gewesen? Sie hatte ausgesehen wie alle alten Frauen, in ihrem schwarzen Kleid mit dem langen, faltigen Rock. Ein schwarzes Tuch hatte eng um Haar und Kinn gelegen. Das blasse Gesicht mit seinen Runzeln und Furchen – solche alte Frauen gab es viele … Aber was nur war ungewöhnlich und anders an ihr gewesen?
Plötzlich durchfuhr es Andrula: die Füße! Die Fremde war barfuß gegangen. Das tat keine der alten Frauen des Dorfes; auch die ärmste von ihnen trug Schuhe, mochten sie auch grob und verschlissen sein. Und auch das war noch nicht alles. Nicht nur, dass die Füße der Fremden unbeschuht waren …

Sie musste den staubigen Weg über die Felder gekommen sein und dann den rauen Steilhang herab. Doch an ihren bloßen Füßen haftete keine Spur von Staub. Andrula schrie laut auf und lief heim; von unaussprechlichem Schrecken befallen und gejagt.
Ungefähr um die gleiche Zeit erwachte Evangelia aus ihrem tiefen Schlaf an der Kirchenmauer. Sie fühlte sich frisch und gestärkt und völlig ruhig. Merkwürdig, von all den wirren Gedanken, die ihr durch den Kopf gegangen waren, schien kein einziger mehr geblieben zu sein. Ihr Sinn war wie reingefegt. Nur ein paar Worte waren jetzt darin, eine Zeile jenes Liedes, das sie so oft gesungen hatte.
»Und die schwarzen Kleider stehn ihr nicht …«

Verwundert sah sie an sich herab, während sie aufstand und ihren Rock zurechtschüttelte. Das Lied hatte ja recht! Sie war noch so jung – erst achtundzwanzig Jahre alt –, viel zu jung für die schwarzen Kleider, die sie mit achtzehn angelegt hatte.
Sie selber hatte unrecht getan und nicht Andrula. Wenn ein Kind auch keinen Vater mehr hatte – es hatte doch ein Recht auf eine Mutter, die mit ihm jung und fröhlich sein konnte! Evangelia sah das jetzt ganz klar und sie gelobte sich und der Gitonissa, Andrula von dieser Stunde an eine solche Mutter zu sein.
Da kam die Kleine ihr schon entgegen. Aber wie sah sie aus?

Andrula war auf dem kürzesten Wege nach Hause gelaufen. Aber Hof und Kammer waren leer und sie brauchte die Mutter jetzt, in diesem Augenblick. Und darum war sie wieder aus dem Tor gestürzt, den Feldweg entlang, und da fand sie die Mutter. Sie rannte auf sie zu und warf ihre Arme um sie. »Manula ... Manula mu ...«

»Ja, ja, mein kleiner Vogel«, sagte Evangelia voll Liebe, »still, still – ich bin ja hier.«

Und Andrula wurde still, die schreckliche Angst verließ sie. Sie schob ihre Finger in die kühle, feste Hand der Mutter und ging mit ihr den Weg zurück.

Sie schwiegen beide. Auch später, als sie in der dunklen Kammer lagen, sagte Evangelia nur: »Ich will dich nicht mit Fragen quälen, Andrula. Ich will nicht wissen, wo du warst und was du getan hast. Ich bin sicher, es war gewiss nichts Böses.«

»Nein, es war nichts Böses«, murmelte das Kind, sauber gewaschen und in reiner Wäsche zwischen frischen Laken. »Ich habe nichts getan als getanzt und gespielt und schwimmen gelernt.«

»Um Himmels willen!«, rief die Mutter bestürzt. »Und ich habe dir doch immer verboten ans Wasser zu gehen!« So erschrocken war sie, dass sie an nichts anderes dachte, nur an diese Ungeheuerlichkeit.

Aber es sollte keine Vorwürfe geben, sie wollte ganz von Neuem beginnen – sie wusste ja nun, was Andrula getrieben hatte, statt in die Schule zu gehen. Sie kannte ihre Tochter: Irgendwie hatte sie schwimmen gelernt und nichts mehr tun mögen als immer nur schwimmen. Damit war alles geklärt. Heimlich gelobte Evangelia der Muttergottes eine Kerze, weil eine große Gefahr an Andrula vorbeigegangen war.

Tags darauf erschien Andrula wieder in der Schule, so gut und fügsam, wie es sich gehörte. Der Lehrer bemerkte sie, sobald er auf den Schulhof trat, und rief sie zu sich: »Ach, Andrula, bist du krank gewesen?«
»Nein«, antwortete das Kind, denn mit dem Lügen und Sich-Verstecken sollte es ja ein Ende haben.
»So?«, sagte der Lehrer ernst. »Und warum bist du dann nicht zur Schule gekommen?«
»Ich wollte lieber im Freien sein.«
»Ja, wer wollte das wohl nicht«, meinte Herr Sophoklis. »Aber wenn man das Schulalter erreicht hat, ist es aus damit – wenigstens zwischen den Ferien! Bist du bestraft worden?«
Andrula senkte den Kopf.
»Ja«, sagte sie leise.
»Dann wollen wir es vergessen«, erklärte der Lehrer, nickte freundlich und betrat das Schulhaus.

An diesem Morgen ging auch Evangelia ins Dorf, und zwar zum Krämer Mitso. Dort verlangte sie Stoff zu einem Kleid.
»Für dich selbst, Vangelio?«, fragte Mitso, der mit ihr zur Schule gegangen war. »Also schwarz.« Er griff nach einem schwarzen Ballen. Evangelia wurde glühend rot.

»Für mich, ja, Mitso«, sagte sie, »aber bitte etwas Helleres diesmal: nicht schwarz.«
»Das höre ich gern«, lobte Mitso. »Schau, hier habe ich gerade das Richtige für dich.« Er brachte einen hübschen, schwarz und weiß karierten Stoff und legte ihn vor sich hin.
Der Stoff gefiel Evangelia. »Aber er ist gewiss teuer, Mitso«, meinte sie. »Du weißt doch ...«
»Natürlich, natürlich«, beruhigte der Krämer sie und riss heimlich den Preiszettel ab. »Ich weiß schon. Aber er ist gar nicht teuer, und sieh, hier ist auch ein Fehler – und es ist ein Rest. Wenn du mir das ganze Stück abnimmst, tust du mir einen Gefallen, Vangelio, und ich mache dir einen günstigen Preis.«
Evangelia überlegte. »Ich müsste an den Winter denken«, murmelte sie unschlüssig.
»Ach, der kommt dieses Jahr überhaupt nicht«, meinte Mitso lachend. »Ich verkaufe immer noch Sommerstoffe.«
»Gut, ich nehme ihn«, erklärte Evangelia, und als sie bezahlte, leuchtete eine neue Freude in ihrem blassen Gesicht. »Mein erstes helles Kleid seit zehn Jahren, Mitso!«, sagte sie.
»Trag es in Gesundheit«, wünschte der Krämer und reichte ihr das Päckchen.
Sie brachte es zu Artemisia, der Schneiderin, die meist Soula genannt wurde (abgekürzt von Artemisoula) und die lustig, dick und redselig war.

Sie schlug die Hände über dem Kopf zusammen: »Was sehe ich – Vangelio! Und mit einem so hübschen, hellen Stoff! Für Andrula ist es aber viel zu viel«, setzte sie mit Sachkenntnis hinzu, als sie das Einwickelpapier auseinanderschlug.
»Es soll ein Kleid für mich werden, Soula«, erklärte Evangelia und wurde wieder dunkelrot.
»Das freut mich«, rief Soula. Sie maß den Stoff an ihrem Arm und rechnete schnell. »Es wäre genug für ein Kleid mit Jacke«, stellte sie fest.
Evangelia ging mit sich zurate.
»Nein«, sagte sie dann, »wenn so viel übrig bleibt … kannst du für Andrula auch etwas machen?«
»Wenn du ein Kleid mit kurzen Ärmeln magst?«
»Ja, mit kurzen Ärmeln.«
»Schade. Mit Jacke wäre es hochmodern gewesen!«, sagte Soula bedauernd. »Aber wie du willst. Ein Röckchen für Andrula käme bestimmt noch heraus.«
So war es denn beschlossen. Soula wurde wieder vergnügt und meinte, sie hätte etwas rote Borte liegen – ob sie Andrulas Rock damit besetzen sollte?
»Sie wird dich nichts kosten«, beteuerte sie eifrig. »Ich habe doch keine Verwendung dafür und es würde sich so hübsch machen.«
Dankbar nahm Evangelia das Angebot an und dann fragte sie nach dem Lohn, den Soula für ihre Arbeit verlangte.
»Das Röckchen für Andrula mache ich dir umsonst«,

erwiderte Soula, die ein weiches Herz hatte. »Und für dein Kleid – lass sehen: Dafür webst du mir eine Flickenmatte. Einverstanden?«

»Wie gut du bist, Soula«, sagte Evangelia lächelnd.

»Gut? Ich? Kein bisschen«, rief Soula. »Weil du nur endlich aus deinem ewigen Schwarz herauswillst …«

Sie holte ihre Modehefte aus der Tischlade und sie vertieften sich in die wichtige Frage, wie Evangelias erstes helles Kleid (seit zehn Jahren) aussehen sollte.

»Kannst du beides bis zum Fest des heiligen Dimitrios fertig haben, Soula?«, fragte Evangelia, als auch diese Angelegenheit geklärt war.

»Nun sag mir noch, du willst zum Fest gehen!«, rief die Schneiderin höchst verwundert.

»Ja – ich bin zu lange allem ferngeblieben«, sagte Evangelia leise.

»Wie eine Nonne hast du gelebt«, bekräftigte Soula energisch. »Auf jeden Fall wirst du beides zum Fest haben und ich selbst werde mit dir hingehen und hören, wie dich alle in deinem neuen Kleid bewundern!«

Gerade das war es, wovor Evangelia heimlich Angst hatte: Die ganze Chora würde sich versammeln und des Staunens und Geschwätzes würde kein Ende sein. Nun, sie würde es ertragen müssen und die Dorfleute fanden sicher bald etwas Neueres zum Bereden.

Aber wie Andrula sich über ihren neuen Rock freuen würde!

Am Tag des heiligen Dimitrios zog alles, was irgend konnte, zu einem alten Kloster hinaus, in dem das Fest gefeiert wurde. Dieses Kloster lag etwa anderthalb Stunden weit von der Chora entfernt.
Es war ein schöner Fleck Erde, mit einer berühmten Quelle süßen Wassers und einem Garten rings um die Kirche. Hier lagerten sich die Leute; ein ganzer Hammel briet am Spieß über Holzkohlenfeuer und die Weinkrüge gingen reihum. Es wurde gegessen, getrunken, gesungen und getanzt; den Nachmittag verschliefen alle unter den Bäumen und abends wurde wieder getanzt, bis tief in die Nacht hinein.
Andrula war noch nie bei dem Kloster gewesen. Überhaupt war dies das erste große Fest, das sie erlebte. Mit staunenden Augen sah sie auf das laute, lebendige Treiben und drückte sich dabei an die Mutter, die auch ein wenig abseits blieb. Andrula fühlte einen unbändigen Stolz – waren sie nicht beide in schönen, neuen Kleidern auf dem Fest? Sie nahm wieder eine Falte ihres Röckchens zwischen die Finger: Stoff vom Krämer! Gerade so gut wie Stassas Kleid mit den Rosen. Nein, besser. Andrula hatte die Rosen immer etwas zu grell gefunden. Auf dem freien Platz vor dem Kloster tanzten die jungen Männer zum Kratzen zweier Fiedeln und dem Klirren und Klingen einer Gitarre. Nun stellte sich auch eine Mädchenreihe auf; sie überlegten, wer sie anführen sollte.
Soula kam herbeigelaufen: »Vangelio, sie wollen dich

dabeihaben! Du bist doch früher die beste Tänzerin gewesen!«

Aber Evangelia schüttelte den Kopf, sie wollte nicht, sie konnte sich nicht dazu überwinden mitzutanzen.

Da ließ man sie in Ruhe. Die Musikanten begannen aufs Neue. Ein großer, schlanker Mann führte die lange Kette der Mädchen und jungen Frauen an; sie kannten ihn nicht, aber er tanzte sehr gut. Andrula ging etwas näher, um besser sehen zu können; Evangelia blieb allein auf der niedrigen Mauer sitzen.

Der Tanz war zu Ende und der Vortänzer wandte sich zu einer Gruppe älterer Männer. Er blieb aber nicht lange da, sondern machte sich bald los und kam auf Evangelia zu. Ja, es war ein Fremder. Es waren ja viele Fremde hier zum Fest; von Ryos und Anti-Ryos waren auch zwei Boote herübergekommen.

Der Mann grüßte höflich und fragte, ob er sich setzen dürfe. Evangelia erlaubte es etwas verwundert.

»Sind Sie nicht die Frau von Andreas?«, begann er das Gespräch.

»Seine Witwe«, antwortete sie.

»Ja, ich weiß«, sagte der Fremde. »Ich habe Andreas gut gekannt.«

»Dann sind Sie wohl ein Schwammfischer?«, erkundigte sich Evangelia schüchtern.

»Nein, ich bin damals nur des Abenteuers wegen mitgegangen, nur ein einziges Mal.« Und er erklärte, dass er Seemann gewesen und mehrere Jahre zwischen

Amerika und Genua gefahren sei. Aber das hätte nun ein Ende, denn seine Eltern seien alt und kränklich, sie brauchten den Sohn daheim.
»Sind Sie zu Besuch auf Kalonysos?«, fragte Evangelia. Der Fremde gefiel ihr, er sprach so ruhig und offen. Und er war Andreas' Freund gewesen.
»Eigentlich mehr in Geschäften«, gab er zurück. Seine Mutter habe etwas Landbesitz auf der Insel, den wolle sie verkaufen. Deswegen sei er hier. Sein Name sei Kosta, fügte er hinzu, und seine Heimat Samos.
Andrula kam zurück, lehnte sich an ihre Mutter und sah den Fremden neugierig an.
»Sie ist Andreas' Tochter«, sagte Evangelia.
»Sie ist ihm sehr ähnlich«, meinte Kosta. Er gab Andrula die Hand und zugleich verabschiedete er sich: Er müsse zu seinen Gastgebern zurück.
Kurz darauf brachen auch Evangelia und Andrula auf, denn es gab keine Fahrgelegenheit und es war ein langer Weg zurück zur Chora.

Andrula sah Kosta bald noch einmal. Er saß mit anderen Männern vor dem Kaffeehaus und er grüßte sie, als sie vorbeiging. Aber sie vergaß ihn gleich wieder. Was ging sie der Fremde an? Sie war viel zu viel mit sich selbst beschäftigt – mit dem Jammer um das, was sie verloren hatte.

Sie war wohl auf den Weg der Pflicht zurückgeführt worden, aber sie konnte nicht vergessen, was ihre Freude gewesen war. Sie dachte immer an Hyria, zu jeder Stunde.

Sie hielt sich auch weiterhin von den anderen Kindern fern; es war schwer, sich wieder an sie zu gewöhnen. Selbst das Fest und ihr neues Kleid waren nur ein schwacher Trost gewesen und er verflog schnell.

In der Schule gab sie sich Mühe; zu Hause war sie gefügig. Aber sie war nicht mehr die alte Andrula, die so lebhaft das Haar zurückwarf und immer etwas Neues wusste. Evangelia sah ihr stilles, gedrücktes Wesen mit heimlicher Sorge an.

Wenn die anderen Kinder nach der Schule auf dem Dorfplatz spielten, saß Andrula unten am Strand auf einem der Felsen, dort, wo der kleine, steile Pfad endete. Da schaute sie zu den beiden Nachbarinseln hinüber, hinter denen Hyria lag. Aber nicht einmal ein Spitzchen ließ sich von hier aus erspähen.

Eines Tages kam ein kleines Segelboot dicht an ihrem Platz vorbei. Der Fremde, Kosta, saß darin und winkte.
»Willst du mit?«, rief er ihr zu.
»Wohin?«, fragte Andrula scheu.
»Ach, nur auf eine kleine Spazierfahrt«, antwortete er.
Andrula war aufgestanden, aber sie zögerte noch.
»Komm nur«, sagte er freundlich, »deine Mutter hat es erlaubt.«
Sehr überrascht ließ Andrula sich in das Boot helfen. Kosta warf das Segel herum und steuerte auf das offene Meer hinaus.
»Ich habe ein schöneres Boot zu Hause auf Samos«, bemerkte er, »aber dieses hier ist besser als gar keins, meinst du nicht auch? Liebst du das Meer?«
»Ach ja, sehr!«, rief Andrula. Sie hatte Vertrauen zu ihm und erzählte: »Wenn ich groß bin, werde ich Seemann.«
Er lachte sie nicht aus, er nickte sogar.
»Aber alle meinen, ein Mädchen kann nicht Seemann werden«, fügte sie niedergeschlagen hinzu.
»Das stimmt«, sagte Kosta. »Aber trotzdem kann ein Mädchen zur See gehen.« Und er erzählte von den großen Passagierschiffen, die viele Frauen beschäftigen: als Stewardessen und Krankenschwestern und Kindergärtnerinnen.
»Kindergärtnerinnen ...«, wiederholte Andrula mit großen Augen. Er musste ihr genau erklären, was die

zu tun hatten. »Das will ich werden«, entschied sie sich rasch. »Willst du mir dabei helfen, Kosta?«
»Natürlich«, versprach er in seiner ruhigen, freundlichen Art. »Aber es hat ja noch Zeit.«
Sie schwiegen eine Weile und genossen die schnelle Fahrt. Ein frischer Wind füllte das Segel und die kleine Barke flog leicht dahin. Es wurde kühl und Kosta warf dem Mädchen eine warme Jacke zu.
»Weißt du, Andrula«, sagte er und sah sie nachdenklich an, »eigentlich solltest du einen Vater haben wie andere Kinder. Möchtest du das?«
»Ja«, antwortete Andrula, »aber wie kann das sein? Mein Vater ist doch tot.«
»Manchmal bekommen kleine Mädchen wie du einen neuen Vater«, fuhr Kosta fort. »Hast du nie daran gedacht?«

Nein, daran hatte Andrula nie gedacht.
»Dann denk jetzt einmal daran«, schlug Kosta vor. Und er fragte: »Wenn du dir einen Vater aussuchen könntest – wie müsste er denn sein?«
»Oh, groß und schön müsste er sein und tapfer und stark«, rief Andrula begeistert, denn darüber hatte sie oft nachgedacht. »Und ein Boot müsste er haben und mich immer mitnehmen, wenn er ausfährt, auch nachts.«
Kosta sagte eine Weile nichts darauf. Er musste das Segel reffen und dann warf er den Motor an, denn es war spät geworden. Endlich fragte er: »Wie wäre es mit mir, Andrula?«
»Mit dir?«
»Ja, groß genug wäre ich, wenn auch nicht gerade schön«, sagte er, »und ein Boot habe ich auch. Das ist schön für mich mit. Nun, was sagst du?«
»Du meinst, du wolltest mein Vater sein?«
»Das meine ich.«
»Wirklich?«
»Wirklich.«
Andrula überlegte eine kleine Weile. »Mir wäre es recht«, erklärte sie schließlich langsam, »nur – was würde meine Mutter davon halten? Hast du es ihr schon gesagt?«
»Nein, ich habe noch nicht mit ihr gesprochen.«
»Weißt du was, Kosta … Wenn du möchtest, kann ich ja mit ihr reden.«

Kosta antwortete mit unbewegtem Gesicht: »Danke, Andrula, das wäre sehr freundlich von dir.«
Aber als sie sich dem Landungssteg unterhalb der Chora näherten, hatte er es sich anders überlegt.
»Ich glaube, ich sage es ihr doch lieber selbst, Andrula.«
»Ja, vielleicht hast du recht«, stimmte sie zu. Sie sprang leichtfüßig an Land und reichte ihm die Hand: »Danke schön, Kosta, für die Spazierfahrt! Gute Nacht.«
»Zum Guten, Andrula«, gab er zurück. Und erst, als sie fort war, lächelte er.
Als er am nächsten Morgen Evangelia in ihrem kleinen Haus gegenübersaß, sagte sie ernst: »Eine Witwe mit einem Kind und ohne einen Pfennig Vermögen, Kosta? Deine Eltern würden es nie erlauben.«
»Ich habe viel für meine Eltern aufgegeben«, entgegnete er. »Die Frau, die ich ihnen bringe, wird ihnen willkommen sein.«
»Ja?«, fragte Evangelia zweifelnd. »Und dann – Andrula! Was wird Andrula dazu sagen?«
»Sie hat es schon gesagt«, erklärte Kosta, auf einmal sehr heiter. »Sie wollte mir diese schwierige Unterredung sogar abnehmen!«
Evangelia gab ihm ihre Hand. »Sie braucht einen Vater«, sagte sie. »Ich glaube, du wirst ihr ein guter Vater sein.«

Ein neues Kleid, ja sogar ein neuer Vater und die Aussicht auf eine neue Heimat reichten nicht aus, Andrulas Füße wieder leicht zu machen. Sie sprang nicht mehr auf ihren Wegen, sie ging langsam und nachdenklich dahin. Aber sie ging vorwärts. So verloren wie am Anfang war sie nicht mehr.

Sie trug etwas mit sich herum, das musste sie zu Ende denken. Es war wie ein Rätsel und sie musste die Lösung finden.

Niemand konnte ihr dabei helfen. Nicht die Mutter, nicht Kosta, so klug er auch war. Doch – eine gab es, die helfen konnte, aber die würde es nicht tun. Die Gitonissa.

Sie hatte ihr das Rätsel aufgegeben. Manchmal hatte Andrula das sichere Gefühl, dass sie in der kleinen Kirche im Gefild erwartet würde: mit der Lösung. Und dabei wusste sie nicht einmal, wie das Rätsel lautete.

Alle in der Chora waren sehr freundlich, seit die glückliche Wende in ihr und der Mutter Leben gekommen war. Aber der Einzige, zu dem Andrula sich hingezogen fühlte, war der alte Fischer Sotiris. Der redete von etwas anderem als der Hochzeit, nach der sie sonst unermüdlich ausgefragt wurde; er sprach mit ihr vom Meer, von Inseln, fernen Ufern, Fischen, er erzählte ihr von Abenteuern, von Polypen, Meerweibchen, Korallen und Perlen. Andrula saß oft neben ihm, immer hoffend, dass er einmal auch auf Hyria zu sprechen käme. Eines Tages begann er wirklich: »Die Insel, die dritte, weißt du, weit hinter Ryos und Anti-Ryos, die uns nicht will …«

»Ja?«, sagte Andrula fast lautlos und ihr Herz begann zu hämmern.

»Es waren Leute von Ryos hier. Weißt du, wie die sie nennen? Kypseli.«

»Ach«, rief Andrula selbstvergessen, »Kypseli! Die nennen sie auch so, die von Ryos?«

Der alte Fischer sah sie scharf unter seinen weißen Brauen an.

»Auch?«, fragte er trocken.

»Ja doch«, erklärte Andrula eifrig. »Hyria, das bedeutet auch Bienenstock in der alten Sprache …«

Schon den geliebten Namen laut auszusprechen war ein Glück. Andrulas Augen glänzten. Lebhaft hob sie den dunklen Kopf. Da sah sie das Erstaunen in Sotiris' Gesicht und vollendete ihren Satz etwas lahm: »… hab ich gehört.«

»Hyria«, wiederholte der Alte gedankenvoll. »Und wer nennt sie so, diese Insel, in der alten Sprache?«

»Leute …«, fing Andrula an. Doch dann schwieg sie verwirrt und suchte nach einem Ausweg. Sie musste ja antworten, was würde Sotiris sonst denken?

»Leute, die es wohl wissen«, sagte sie schließlich. »Aber ich muss jetzt heim …«

Sie sprang auf und schüttelte ihr Röckchen glatt.
»Sonderbar«, murmelte der Alte, als ob er sie nicht gehört hätte, »sonderbar. Kypseli – Hyria, und beides bedeutet dasselbe. Ob es dort Honig gibt, auf der Insel?«
Vor Andrulas innerem Auge rollten auf einmal die vier Pansjungen im Grase, wimmernd, schreiend, mit hundert Bienenstacheln gespickt. Ihr Gesicht leuchtete vor Schelmerei. »Fahr doch hin, weißt du! Sieh einmal nach!«
Und wie ein Flämmchen war sie weggeweht.

Doch dieses Gespräch mit dem alten Fischer hatte ihr geholfen. Sie hatte zum ersten Male den Namen Hyria laut ausgesprochen und etwas in ihr war dadurch frei geworden. Ihr war plötzlich viel leichter.
An diesem Abend lag sie im Bett – die Mutter saß noch am Webstuhl, aber sie arbeitete jetzt nur für sich selbst –, sah mit großen, wachen Augen zu den krummen Balken der Decke empor und dachte etwas durch, bis es klar war.

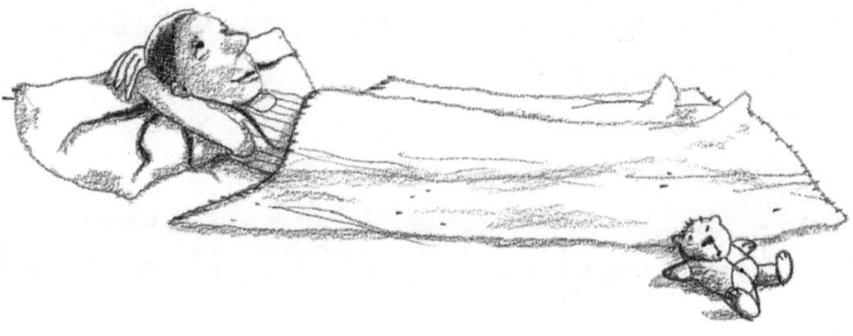

Es sah schließlich so aus: Etwas von mir ist auf Hyria zurückgeblieben. Das ist gewiss. Dann ist aber ebenso gewiss, dass etwas von Hyria in mir geblieben ist. Das ist nun nicht mehr zu ändern, und das muss ich der Gitonissa sagen, ob sie es gern hört oder nicht. Liebe Allerheiligste, werde ich zu ihr sagen ...

Aber da fielen ihr die Augen zu, und was sie der Heiligen Jungfrau zu sagen hatte, nahm der Schlaf in seine Obhut.

Wenige Tage darauf kam noch etwas hinzu, was ihren Entschluss festigte, und zwar wieder durch Sotiris und durch andere Fischer. Die erzählten von einem Delfin, der neuerdings jedes Mal auftauchte, wenn ein Boot ausfuhr. Delfine seien ja eigentlich nie scheu, sagten die Fischer, aber dieser ...! Ganz nahe käme er heran und dicht am Boot spränge er hoch, immer wieder, gerade, als ob er sehen wolle, was darin sei. Sie hatten ihm schon einen Namen gegeben: Den Neugierigen nannten sie ihn. Sie schienen ihn gern zu sehen.

Bald sprach die ganze Chora über das ungewöhnliche Verhalten des Delfins und man stritt, ob sein Erscheinen ein Glückszeichen sei oder nicht. Auch die Schulkinder fabelten dies und das zusammen, bis eine andere Neuigkeit aufkam, die sie bereden mussten.

Andrula hatte überall zugehört, überall etwas aufgelesen, aber wohlweislich ihren Mund gehalten. Sie war ganz sicher: Dieser neugierige Delfin war niemand anderes als ihr Freund und sie wusste, was er in den Booten suchte. Nicht was – wen. Jetzt musste sie zu der Kapelle im Gefild, und zwar so bald wie möglich. Wenn sie nur etwas gehabt hätte, das sie der Muttergottes bringen könnte!

Sie fasste sich ein Herz und ging zu der Lehrersfrau.

»Ach bitte, Frau Eleni«, fragte sie, »haben Sie wohl etwas für mich zu tun, das eine Drachme wert ist?«

Die Lehrersfrau lächelte und meinte, das könne sein. »Aber wozu brauchst du die Drachme, Andrula?«

Das Mädchen antwortete wahrheitsgetreu: »Für eine Kerze, die will ich der Gitonissa anzünden.«

»Dann komm«, sagte die Frau und nahm sie mit in ihr Haus, in die Küche: »Katinitsa hat Zahnweh – schau, sie hat mir den ganzen Abwasch stehen lassen. Ich wollte gerade selber darangehen. Wenn du ihn für mich besorgen willst, gebe ich dir eine Drachme – nein, zwei.«

Andrula machte sich sofort an die Arbeit und dachte dabei, dass sie eigentlich kein Geld dafür nehmen dürfe, so aufregend war es, zu sehen, was es in dieser Küche und in dem Geschirrschrank gab. Sie weigerte sich auch zuerst, die zweite Drachme anzunehmen, aber die Lehrersfrau, die nicht nur sehr fromm, sondern auch praktisch veranlagt war, sagte: »Die Kerzen für zwei Drachmen sind dicker, Andrula!«

Blitzschnell fuhr es dem Mädchen durch den Sinn, dass eine, die mit bloßen Füßen durch den Staub gehen kann und der Staub wagt es nicht, diese Füße zu berühren – dass einer solchen wohl Kerzen zu zwei Drachmen zukämen. Sie nahm also ihren Lohn und die Karamelle, die ihr obendrein geschenkt wurde, und sprang nach Hause.

»Manula«, rief sie schon in der Tür mit fast dem alten Ungestüm, »ich habe für Frau Eleni eine Arbeit getan und sie hat mir Geld dafür gegeben. Darf ich zur Muttergottes und ihr eine Kerze anzünden?«
»Ja, sicherlich«, antwortete Evangelia, »aber warte doch bis zum Abend! Dann komme ich mit.«
»Nein, Manula, bitte! Ich muss allein gehen«, bat das Kind eindringlich.
»Dann geh«, sagte die Mutter.
Andrula ging, zum ersten Mal seit jenem Tag, an den sie bisher kaum zu denken gewagt hatte, den ängstlich gemiedenen Weg.
Sie stand in dem kleinen Raum, in dem es schon stark dämmerte, steckte ihre Kerze – wie ansehnlich die zu zwei Drachmen doch waren! – in den mit Sand gefüllten Ständer, holte Streichhölzer aus der Nische und zündete sie an. Das Licht fiel gerade auf das alte Madonnenbild.
Andrula stellte sich davor, die Hände auf dem Rücken. Sie sah dem Bild fest und unverwandt in die Augen:
»Die Mutter glaubt, du seiest hier«, sagte sie halblaut, »aber ich glaube, du bist überall. Immerhin: Hier hast du die Mutter erhört und schließlich ist dies dein

Haus, das sie dir gebaut haben. Darum will ich hier mit dir reden.«

Es kam kein Einspruch und Andrula fuhr fort: »Ich will bestimmt nicht ungehorsam sein. Aber du musst auch etwas einsehen: Die da drüben auf Hyria, das sind meine Freunde. Ich kann sie nicht einfach so verlassen, ohne ein Wort. Sie erzählen in der Chora, der Delfin schwimmt die Küste auf und ab. Er sucht mich. Ich werde nicht zu ihm gehen, denn das hast du verboten. Aber wenn er mich findet, werde ich mit ihm reden.«

Sie horchte ihrer Stimme nach, denn sie hatte am Ende sehr laut gesprochen, und ihr schien, dass die kleine Kirche ganz damit angefüllt sei. Aber die Stille kam wieder und es geschah nichts. Sie lauschte in sich hinein.

Etwas in ihr sagte: »Du bist kühn, Andrula.«

Sofort gab sie zurück: »Hättest du mich lieber feige und schwach und treulos?«

Darauf blieb es stumm. Sie wartete eine geraume Weile. Dann fing sie an zu lachen und suchte ein antwortendes Lächeln in den großen, dunklen Augen des Bildes. Sie glaubte auch, es zu finden. Oder war es der Schein der Kerze?

»Nein«, sagte Andrula mit Überzeugung. »Du hast mich lieber kühn.« Und erst dann tat sie den letzten Schritt auf das Bild zu und küsste das feine Handgelenk unter dem goldenen Ärmelsaum.

Die Hochzeit sollte in Samos gefeiert werden, denn Kostas Mutter war zu krank, um die Reise nach Kalonysos unternehmen zu können. Kosta hatte seine Geschäfte erledigt und reiste ab, um alles für Evangelias und Andrulas Ankunft vorzubereiten.

Es fand sich jemand, der das kleine Haus über dem Strand mieten wollte, dann musste gepackt werden und dann mussten sie in der ganzen Chora Abschied nehmen, das gehörte sich so. Alle Leute priesen Evangelias großes Glück und alle wünschten ihnen Gutes für ihr neues Leben; sogar die Tante Stamatina und Stassa waren voller Freundlichkeit.

Und wenn sie es nicht ehrlich meinten, diese beiden – das war ihre Sache! Sie wollten im Frieden von ihrer Heimat scheiden, hatte die Mutter gesagt, und Andrula gab ihr recht.

Sie ging gerne fort. Es würde gut sein, mit neuen Menschen und neuen Dingen zu tun zu haben und ganz neu anzufangen. Kosta hatte ihr von Samos erzählt – dass es hohe Berge und große Wälder dort gebe und wie schön seine Heimat sei. Die Weinterrassen stiegen hinab bis ans Meer und nirgends gab es so gute Feigen wie dort.

»Aber die werden verkauft«, hatte Andrula sachverständig genickt.

»Oh, nein – die sind alle für uns und die allerbesten sind für meine Frau und meine Tochter!«, war die Antwort darauf gewesen. Und Kostas Mutter hatte geschrieben, dass sie sich auf ihr neues Enkelkind freue. Nun musste Andrula nur noch lernen, »Vater« zu Kosta zu sagen. Aber mit einiger Übung würde das schon gelingen.

Als sie endlich in das Segelboot stiegen, das sie zur nächsten großen Insel bringen sollte, an der die Dampfer anlegten, weigerte sich Andrula, in die Kajüte zu gehen, wie ihre Mutter es tat. Es war noch vor Tag und empfindlich kalt, aber sie bettelte an Deck bleiben zu dürfen. Sie lehnte sich an den hohen Bord des Schiffes und hörte dem Rauschen der Kielwelle zu. Sie fuhren an Ryos und Anti-Ryos vorbei und, wenn auch in einiger Entfernung, an Hyria. Langsam erhellte sich das Dunkel zu einem kalten Grau. Bald musste das Licht kommen und sie würde die glückliche Insel noch einmal sehen können.

Plötzlich drang aus dem Wasser ein leises Pfeifen zu ihr empor. Eine Stimme sprach zu ihr – eine Stimme, die sie gut kannte, die ihr lieb war wie die Stimme der Mutter.
»Andrula, Andrulitsa!«, rief der Delfin. »Kannst du mich hören?«
Andrula sah sich nach dem Steuermann um. Aber der

gab kein Zeichen, dass er etwas bemerkt hatte. Da beugte sie sich über den Rand des Bootes und flüsterte atemlos: »Ja, ja! Ich höre dich, Delfinaki!«
»Fährst du auf immer fort, Andrula?«
»Ja, auf immer.«
»Dann vergisst du uns bald.«
»Nie!«, beteuerte das Kind. »Nie. Wie könnte ich jemals Hyria vergessen und dich! Schnell, sag mir, wie es dort geht, auf der Insel!«
»Sie lassen dich alle grüßen, Andrula«, antwortete der Delfin, »besonders deine Panskinder. Und ich soll dir ausrichten, sie tanzen jetzt den Tsamikos, dass es eine Freude ist. Der kleine Battos hat keine schwere Zunge mehr, darum will er nicht mehr Battos heißen, sondern Phäax, dir zu Ehren. Denn Phäax bedeutet ›Strahlende Ankunft‹. – Hörst du mich auch, Andrula mu?«
»Ich höre dich, ich höre jedes Wort«, erwiderte Andrula und sie versprach noch einmal feierlich: »Ich werde euch nie vergessen.«
»Nein, denn du bist treu und du hast von Hyrias unsterblichem Wasser getrunken«, rief der Delfin.
Damit warf er sich herum und schoss davon.

Gerade ging die Sonne auf.
Andrula blieb einen Augenblick regungslos stehen.
Dann schob sie ihr Kopftuch zurück und spähte mit scharfen Augen über das Meer. Es war schon fast hell. Da! Da drüben sprang er! Drei-, vier-, fünfmal

schwang sich das große Tier aus den Wellen, kraftvoll und anmutig.
Sein Abschiedsgruß!
Andrula riss ihr Kopftuch ab und schwenkte es hoch in der Luft.
»Geh zum Guten!«, rief sie, so laut sie konnte. »Geh zur Freude, mein Delfin!«

Nachwort

Dies ist eine Geschichte aus den Anfangsjahren der deutschen Nachkriegskinderliteratur. Ende der Fünfzigerjahre ausgedacht, 1963 in Deutschland erschienen.

Damals entwickelte sich aus dem Wiederaufbau das Wirtschaftswunder, aber noch war Geld für Überflüssiges knapp, erst recht für Bilder- und Kinderbücher. Noch gab es die 48-Stunden-Woche, 14 Tage Jahresurlaub und keine Reiseindustrie. Noch lagen die griechischen Inseln in unbekannter Ferne. Noch schrieb man Fantasy mit »Ph«, und wenn es eine phantastische Geschichte sein sollte, so knüpften die Dichter an die Märchen und Sagen an, deren Ton sie seit ihrer Kindheit im Ohr hatten.

Andrula, die den »Delfinensommer« erlebt, ist eine Zeitgenossin und eine Schwester von Ottfried Preußlers »Der kleine Wassermann« und lebt wie er nicht in phantastischen Gefilden, sondern mitten im Alltag, in der Wirklichkeit, die sich nur manchmal öffnet und etwas sehen lässt, was man nicht vermutet hätte, wonach man sich vielleicht sehnt, woraus seit hunderten von Jahren die Geschichten für Kinder und für Erwachsene leben. Erzählgeschichten. Klassische Geschichten, immer wieder von einer Generation der nächstfolgenden etwas anders erzählt, so wie es der Geist des Erzählens gerade verlangt. Aber der Kern der Märchen handelt immer von demselben: von unseren Ängsten und Sehnsüchten, von der Schwierigkeit, mit der Welt so wie sie ist, zurechtzukommen und mit den Möglichkeiten, die man trotzdem hat, glücklich und geliebt zu werden.

So ist Evangelia, Andrulas Mutter, eine ganz moderne Frau. Eine alleinstehende Witwe, die Geld verdienen muss und deshalb zu wenig Zeit für ihre Tochter hat und seit dem Tode des

Mannes die Gesellschaft der anderen Dorfbewohner meidet. So wächst das Kind einsam auf, als Außenseiterin. Doch Andrula geht ihre eigenen Wege und findet die Freundschaft und Liebe, die sie braucht – nicht bei den Schulkameradinnen, die sie, das arme Waisenkind, verspotten und verachten, sondern bei denen, die seit Jahrtausenden Griechenland bevölkern. Da ist zuerst der sprechende Delfin, der Andrula buchstäblich aus der Einsamkeit holt und sie zum Mut verlockt. »Spring ins Wasser und schwimm! Spring auf meinen Rücken und komm hinaus!«

Für alle kleine Inseln im Ägäischen Meer galt das, was Katherine Allfrey über Kalonysos, die Heimatinsel Andrulas, geschrieben hat: »Sie war klein und lag fern von aller Welt ... Reiselustige Fremde kamen nie.«

Es gab noch unbekannte, unbewohnte Inseln, so wild zwischen Sonne und Meer wie vor unserer Zeitrechnung. Und gerade zu so einer Insel, von der Andrulas Nachbarn schreckenserregende Geschichten erzählen, führt der Delfin das Kind. Dort warten alle auf sie: Die Nereiden, die anmutigen Töchter des Meeres, begleiten sie auf ihren fast täglichen Fahrten, die Pankinder trappeln ihr auf Boxfüßen entgegen, die Quellnymphe lässt sie aus ihrem ewigen Wasser trinken, und die Zentauren nehmen sie auf ihre Rossrücken. Andrula lernt von allen die Leichtigkeit des Seins, von und mit diesen Gestalten, die ihr die Schönheit und Kraft, aber auch die Unbegreiflichkeit der Natur zeigen. Aber das alles ist nur wie ein Augenblick. Das andere wartet ebenfalls auf Andrula: die Mutter und die Arbeit – und die Autorin lässt sogar die Mutter Gottes auftreten, um Andrula zu mahnen, dass sie ein Mensch ist und ihre Pflichten hat. War die Insel Hyria, die Honiginsel, nur ein Traum? Liegt ihr Zauber darin, dass sie jedem, der sie betritt, das darstellt, was er sich ersehnt? Jeder Mensch muss, so sagt die Autorin, seinen Traum einmal in seiner ganzen Fülle und

Tiefe erleben, muss auch den fast unerträglichen Schmerz des Abschieds spüren, dann kann er die Wirklichkeit bestehen. Für Andrula hat sie zudem die glücklichste Lösung parat: einen neuen Vater, der so beschaffen ist, als wäre er auch einmal auf Hyria gewesen.

Katherine Allfrey, geb. Vorjahn, Jahrgang 1910, war wie ihre Andrula in ärmlichen Verhältnissen aufgewachsen und hatte sich schon als kleines Mädchen in Westfalen Geschichten und Märchen ausgedacht: Fenster in die Zukunft, in der sie zuerst einmal Verkäuferin und Kindermädchen in Deutschland und Griechenland wurde, 1937 einen englischen Flugzeugingenieur heiratete und mit ihm nach Neuseeland auswanderte. Sie bewirtschaftete mit ihm eine Farm, bekam drei Kinder, begann zu schreiben, kehrte 1949 nach England und 1988 nach Deutschland zurück. Sie hat für den »Delphinensommer« 1964 den Deutschen Jugendbuchpreis erhalten und immer wieder Kinder- und Jugendromane geschrieben, die sich mit mythologischen Themen befassen, die in Griechenland spielen wie in Irland, unter Zwergen und Elfen, insgesamt über zwanzig Bücher. Aber keins war so erfolgreich wie der »Delphinensommer«, der in viele Sprachen übersetzt und in Deutschland mehr als 170 000 Mal verkauft wurde.
Katherine Allfrey starb mit 91 Jahren in Lörrach.

Sybil Gräfin Schönfeldt